清代名家詞選刊

吴藻詞集輯校

外二種

［清］吴　藻◎著
段曉華◎輯校

華東師範大學出版社
·上海·

圖書在版編目(CIP)數據

吴藻詞集輯校：外二種 /（清）吴藻著；段曉華輯校. —上海：華東師範大學出版社，2020
（清代名家詞選刊）
ISBN 978-7-5760-0726-8

Ⅰ. ①吴… Ⅱ. ①吴… ②段… Ⅲ. ①詞(文學)—作品集—中國—清代 Ⅳ. ①I222.849

中國版本圖書館 CIP 資料核字(2020)第 268475 號

清代名家詞選刊
吴藻詞集輯校(外二種)

作　　者　[清]吴　藻
輯 校 者　段曉華
責任編輯　龐　堅
責任校對　時東明
封面題簽　周子翼
裝幀設計　盧曉紅

出版發行　華東師範大學出版社
社　　址　上海市中山北路 3663 號　郵編 200062
網　　址　www.ecnupress.com.cn
電　　話　021-60821666　行政傳真 021-62572105
客服電話　021-62865537　門市(郵購)電話 021-62869887
地　　址　上海市中山北路 3663 號華東師範大學校内先鋒路口
網　　店　http://hdsdcbs.tmall.com

印 刷 者　上海景條印刷有限公司
開　　本　850×1168　32 開
印　　張　10
插　　頁　2
字　　數　162 千字
版　　次　2020 年 12 月第 1 版
印　　次　2020 年 12 月第 1 次
書　　號　ISBN 978-7-5760-0726-8
定　　價　49.80 元

出 版 人　王　焰

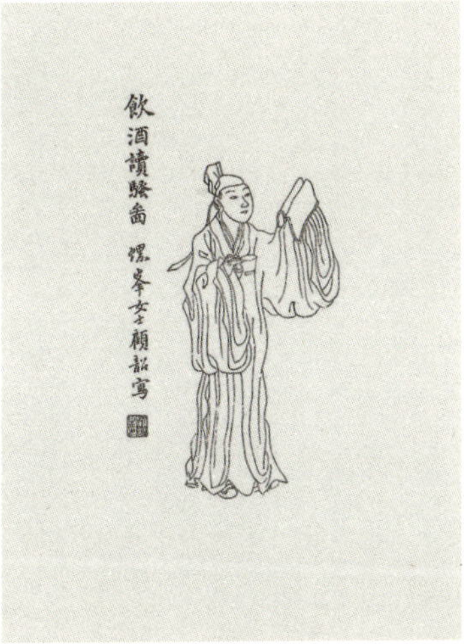

[清] 顧韶《飲酒讀騷圖》

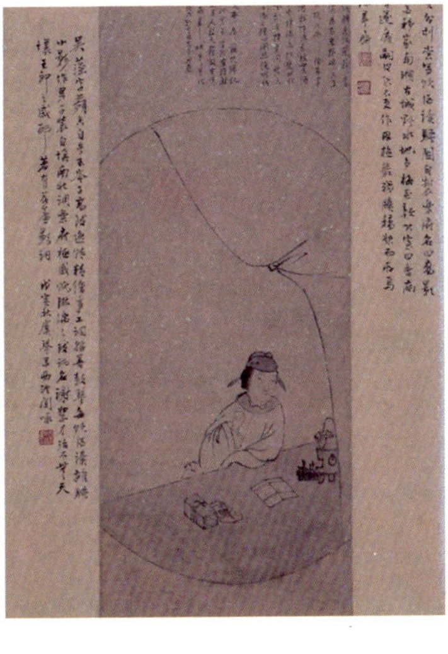

[清] 施瑞年《吴蘋香飲酒讀騷圖》（局部）

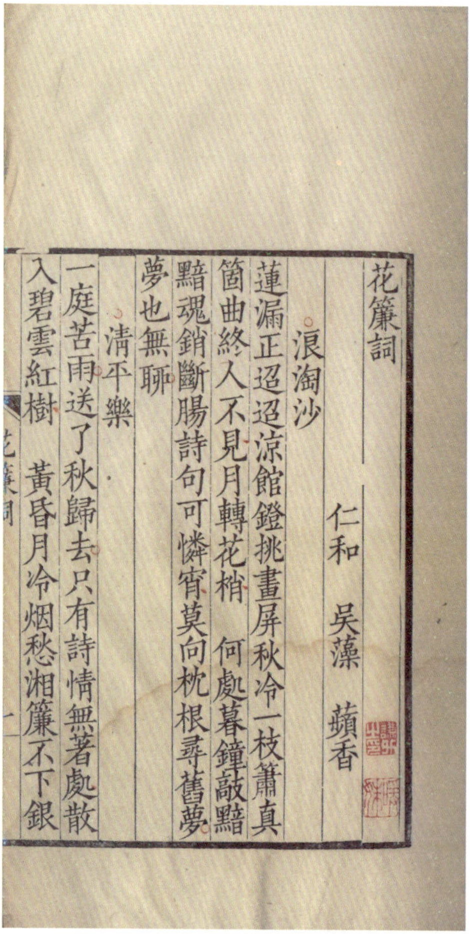

花簾詞

仁和　吳藻　蘋香

浪淘沙

蓮漏正迢迢涼館鐙挑畫屏秋冷一枝簫真箇曲終人不見月轉花梢　何處暮鐘敲黯黯魂銷斷腸詩句可憐宵莫向枕根尋舊夢夢也無聊

清平樂

一庭苦雨送了秋歸去只有詩情無著處散入碧雲紅樹　黃昏月冷烟愁湘簾不下銀

花簾詞　一

《花簾詞》書影

前言

論及清代女詞人，自晚清民初以來，各種詞史、詞選、詞話、筆記，少有不爲吴藻屈一指者，允推其爲清代閨秀詞「三大家」之一（俞陛雲語），至以爲「清代女詞家中第一人」（胡雲翼語）。

吴藻（一七九九—一八六二）[一]，字蘋香，號玉岑子，晚又號修月子，仁和（今浙江杭州）人，生活於清代嘉慶至咸豐年間，是著名詩人陳文述的女弟子。幼而好學，聰慧過人，詩詞曲賦，繪畫鼓琴，度曲製譜，無不擅長。尤好讀書，時人謂之「夙世書仙」。她出生於商賈之家，又嫁與同邑商人黄某，前半生家境應當是較爲富裕的，不乏良好的學習條件與環境。可惜在她的存世作品中，無一語涉及個人婚姻狀況與家庭生活，似無子嗣，只有少數詩詞提及大姊蘅香、二姊茝（芷）香、三兄夢蕉，略見手足之情。其密友汪端《題蘋香女史〈采藥圖〉》一詩云：「詎知嬋嫣姿，志行比金石。姑昔嬰沈痾，憂心廢寢食。不惜玉雪膚，杯羹晉靈液。真宰無定權，惟恃一誠格。牀簀起姑患，里閭誦婦德。」較爲具體地稱揚了吴藻的爲人。在所交遊的吟侶詩詞集中，或可考察到一些關於她家世生平的零星綫索。

作爲女性，又出身平民，吴藻二十幾歲就在文學壇坫獨出翹秀，除了自己的天才賦稟之外，更重要的原因，是她對人生價值的大膽追求，詞壇文場的廣泛交遊，以及師友們的賞識與揄揚。她的第一部問世作品是雜劇《喬影》（僅一折，又名《飲酒讀騷圖曲》），刊行於道光五年（一八二五）。劇中人物謝絮才，女扮男裝，自畫飲酒讀《騷》肖像，憤懣不甘於自身地位，强烈抒發了日益覺醒的女性意識與反叛精神。此劇當即被之管絃，在江浙滬等地演出，「一時傳唱，遂遍大江南北，幾如有井水處必歌柳七詞矣」，名士才媛，題辭甚夥，「見者擊節，聞者傳鈔」，這種轟動效應，無疑是她走向文壇與社會的良好開端。道光六年（一八二六）春，吴藻因事至蘇州，寓居虎山，得以拜見陳文述等文壇名宿，並與陳的兒媳汪端一見傾心，遂成莫逆。「匝月武林，更番文醼」，正是在這時，她以一卷《花簾詞》成爲陳門女弟子。（直到晚年，她還在詞中回憶「雙槳横塘打。記當年、金釵問字，絳紗帷下」的拜師情節。）四年後，她的《花簾詞》正式刊行。作序者除了老師陳文述之外，還有兩位同里異性知己：魏謙升與趙慶熺。《花簾詞》是以其書齋「花簾書屋」命名，似乎有易安居士「簾卷西風，人比黄花瘦」之意味。此詞集前數年即已流傳於吟友間（沈善寶的題詞便是作於道光七年），其中《陌上花》結二拍云：「流光容易拋人去，誰見柱移瑶瑟。便尋思，二十五條絃上，已過三七。」大體上可説，這個詞集是她青年時期的作品。

道光十七年丁酉(一八三七),吴藻「移家南湖」。南湖在杭州西南,接苕溪,乃宋張鎡玉照堂遺址,也是前輩詞人厲鶚僦居處,厲氏自號「南湖花隱」,「南湖結隱八年餘」(《移居四首》),吴藻羨其人,卜居於此。野水之間多梅花,遂取佛書語顔其室,曰「香南雪北廬」[二]。其後又虔心學道,以林和靖仙弟子自居,小樓名「虚白清齋」,其師陳文述賜名「來鶴」。道光二十四年(一八四四),她的《香南雪北詞》結集,自記云:「十年來,憂患餘生,人事有不可言者。」所謂「十年來」,上推則爲道光十四年(一八三四),這既非《花簾詞》刊行的道光十年,也不是移居南湖的時間,由此寥寥十餘字,可以推測,她的婚姻變故發生在道光十四年前後,貧寒幽獨也許是她移住南湖的主要原因。值得注意的是,獨居開始了她的中晚年時期。吴藻生活雖然清寒,有時幾近於「貧甚」,但也恰恰是她更自由地與外界交往,創作力旺盛、作品豐厚的時期。從詞集中作品可見,題畫題詞和酬答之作所佔比率很大,各類詞友常以她的小樓爲雅集之地,會曲聯吟,唱和迭起。閨友沈善寶屢過杭州,皆止宿於香南雪北廬,各成詩稿十數篇。「長吟自適,自老不衰」(張景祁敍語),正是吴藻卑微人生、自强個性的絶妙寫照。

咸豐、同治年間,正是太平天國「洪楊事變」時,兵燹連歲,江南遭受禍害尤烈。咸豐十一年辛酉(一八六一)冬,太平軍再攻杭州,天寒糧絶,守城軍各潰敗,城陷,故人魏謙升即全家罹難[三]。音信阻隔，從未離開過故土的女詞人能否逃過此劫，不免令人擔憂。当时有故舊曾嘆「蘋香不知處所」，「可憐閨閣老詞人，也與吾儕共淪落」[四]，不久就有吴藻與其姊茝香同時罹難的恶耗传聞。[五]史料文獻中雖缺乏明確的記載，但吴藻最終未能幸免於此劫，則是無疑的。

欲了解與研究清代中晚期女性文學，吴藻是首選的關注對象。儘管她的詩詞曲並得盛譽，但由於其《花簾詞》《香南雪北詞》兩部詞集的先後刊行與文壇影響，論其成就，自然推詞爲最。前人品評女性詞人成就，歷來多以李清照爲準的，對吴藻也不例外，「逼真漱玉遺音」（徐珂語）、「碧串紅牙漱玉詞」（沈善寶詩）、「實今之李易安也」（錢詠語）云云，衡之實際，世換時移，終覺浮泛俗套。友人黄韻珊（即編纂《國朝詞綜續編》的黄燮清）非常欣賞她的詞學見識，曾云：「嘗與研訂詞學，輒多慧解創論，時下名流，往往不逮。」吴藻所結交唱和，時相聚會的吟友，以女性居多，像汪端、沈善寶、張襄、歸懋儀、梁德繩、許雲林等，皆當時名動南北的閨閣傑彦，相互「並通環佩之好」（陳文述《汪端傳》）。她們平素的聚會活动相當頻繁，除了詩詞唱和，還有琴棋書畫、園藝烹飪，以及走出閨門的遊山覽水。異性吟友則以魏謙升、趙慶熺、黄燮清、張應昌等人引爲知交，時相雅集酬唱。吴藻詞中所反映的女性社交範圍、内容與狀態，以及强烈的自我意識、獨立人格都不僅僅屬於她個人，這是詞壇新群體的鮮明特徵，折射出一種嶄新的時代風氣。

吴藻詞的風格極具個性，即置於清代女性詞集中，也是非常醒目的，讀來確有「靈襟獨抱，清光大來」之感（魏謙升語）。一方面，她稟具女性詞固有的秀美特徵，意象玲瓏，語言流麗，尤其小令，時見詞心靈動，詞筆卻一洗纖巧卑弱，即寫閨情，也「把柔情輕放下，不唱柳邊風月」，絶無泣紅愁緑之哀傷。另一方面，她有意在詞作中表現「偏我清狂」的名士風姿，這與她《喬影》中女扮男裝所抒發的自我意識是一致的。尤其擅長運用《金縷曲》《滿江紅》等聲情慷慨的長調，弔古慨今，敲金戛玉，時帶清剛英雋之氣，體現她「悶欲呼天説」的熾烈情懷。俞陛雲評其詞「以博雅勝」，陳廷焯評其詞「怨而怒」，「詞意不能無怨，然其情亦可哀也」，若與吴藻的楚騷名士之形象崇尚聯繫起來看，這些評論都頗有見地，可謂中肯。從另一角度，如果要探溯其詞的藝術淵源，吴藻詞顯然並不囿於地域與流派，而是不主一家，師心自寫，獨見性靈。她曾讚賞同好趙慶熺的《香銷酒醒詞》，以爲「脱口清圓」是「北宋南唐最佳處」，這似乎也是詞人自道，我們不妨移來品評吴藻的詞風所自。然而脱口無羈，則容易流於浮率，何況奉題酬唱之作甚多，故吴藻之詞，亦難免此瑕。

吴藻詞集的版本與流傳情況，大致可以時間爲序，羅列簡述如下：

一、《花簾詞》（二册），道光十年庚寅（一八三〇）刊本，卷前有陳文述、魏謙升、趙慶熺三序，收詞一百六十八首。今各圖書館收藏多著録爲「道光十年」，其實是後出重刻本，蓋卷前列四序，增加了張景祁之序（敍）。張景祁與吴藻同鄉，實爲後輩，《花簾詞》道光十年出版時，張氏纔三歲，焉得作序？顯然四序本不是初刻。初刻本今已罕覯，即筆者所見國家圖書館之道光十年本，亦只是後出四序本。輯校時，發現中山大學所藏初刻本二册，卷前三序，詞首頁右下鈐有兩印，一爲「謙升之印」，一爲「暖姝」，即吴藻摯友魏謙升與夫人周琴（暖姝）之私章，顯然此本是當時知交之自藏本，彌足珍貴。

二，清鈔本《華簾詞鈔》（一册），未署鈔者姓名籍里，封面墨書「高龔甫先生手鈔華簾詞」，顯是後人所加。卷首無序，卷尾有楊志濂甲寅年（一九一四）跋。據跋語，此册得於其師高保康（龔甫），而未言是高氏親自所鈔，僅云「案頭見吴蘋香女士所著《華簾詞》一册」。據所鈔作品又可推測，此册大概鈔於《花簾詞》初刻本問世前後，因爲缺《花簾詞》卷尾十餘首，另有三十四首未見於《花簾詞》，而絶無《香南雪北詞》中作品。現藏浙江省圖書館。

三、《香南雪北詞》（一册），道光二十四年甲辰（一八四四）刊刻，扉頁沈兆霖題「香南雪北詞」，卷首有吴藻自記，收詞一百二十四首。此集又有道光三十年庚戌（一八五〇）重刊本，卷前有自記，卷後附有吴藻《自題飲酒讀騷圖》等散曲五套、小令一首，曲前有作者庚戌秋日自識。

四、《香南雪北廬集》（詩一卷、詞一卷），咸豐六年（一八五六）金繩武評花仙館活字排印本。此爲詩詞合集，曰「香南雪北廬詩」、「香南雪北廬詞」。所收「香南雪北廬詞」共十七首，始於道光二十八年戊申（一八四八），迄於咸豐六年刊刻時，皆爲前此兩詞集所不載，可知爲吴藻道光二十四年後所作詞。金繩武爲吴藻同里，其跋云：「復得其近體詩七十五首，爲女史手抄本……因排字印百册，並附其未刻詞十七闋於後。」（今南京圖書館、浙江圖書館有藏。）

五、《香雪廬詞》（四册），刊刻於同治年間，即《花簾詞》與《香南雪北詞》的合刊本。卷首爲張景祁《香雪廬詞敍》及《花簾詞》陳、魏、趙三序，據張序可知，此集爲吴藻夫家從孫黄質文所刻。此後多有合刊本流行，或名《香雪廬詞》，或分册而已，不題總名，皆有四序。同時也被收入幾種叢書，如光緒十年（一八八四），如皋女詩人冒俊刊入《林下雅音集》；光緒二十二年（一八九六），徐乃昌《小檀欒室彙刻閨秀詞》第五集，收《花簾詞》《香南雪北詞》各一卷，不題總名。

本書搜羅吴藻詞集，進行輯校，雖力圖完善，尚恐未免遺珠。《花簾詞》以道光十年初刻本（魏謙升鈐印本）爲底本，《香南雪北詞》以道光二十四年本爲底本，參校《華簾詞鈔》、《林下雅音集》本、小檀欒室本，以及《國朝詞綜續編》《國朝詞綜補》《篋中詞》《全清詞鈔》等總集、選本。另輯《香南雪北廬集》中之詞和僅見《華簾詞鈔》者三十四首，以及零星佚詞爲詞補遺。因吴藻其他門類作品不多，兹將吴藻的曲和詩作爲外二種，一並刊出，庶使文獻集中，讀者閲覽或可互相參考，以資有所發明。孜孜數年間，得中山大學圖書館、浙江圖書館的版本提供，得責編龐堅老師的反覆商討，又幸得學生趙宏祥、蔣濤、邱明諸君相助，多方覈校資料，獲益良多，藉此一並深表謝忱。

庚子秋晚段曉華記於豫章紅谷灘穎廬

【注】

［一］晚清民初一些詩文筆記中有少量關於吴藻生平的記載，如梁紹壬《兩般秋雨盦隨筆》、陳廷焯《白雨齋詞話》、徐珂《近詞叢話》、施淑儀《清代閨閣詩人徵略》等，但都没有提到吴藻的生卒年。今從其本人作品與同時交遊考察，還是可以大致了解的。一般多以陸萼庭《女曲家吴藻傳考略》爲依據，定爲一七九九年。

［二］《俱舍论》卷十一：「大雪山北，有香醉山。雪北香南，有大池水，出四大河。」《大唐西域记》卷一：「瞻部洲之中地者，阿那婆答多池也。在香山之南，大雪山之北。周八百里矣。」明代

女子沈静筠《鷓鴣天》詞，有「香南雪北何由見，直比人間午夢遥」之句。

［三］齊學裘《劫餘詩選》卷二《績溪程竹庵茂才秉釗避地通州劉橋訪余石港場長歌題劫餘吟作詩贈之》：「……君思和靖喪梅鶴，我恨蘇臺走麋鹿。風流雲散皆休談，彙帖叢書供一讀。（時以舊刻《彙帖叢書》、古畫示竹庵。）可憐閨閣老詞人，（竹庵以吴蘋香《香南雪北詞》見示，蘋香不知處所。）也與吾儕共淪落。……」按，齊學裘，字子治，號玉溪，晚號老顛，安徽婺源（今屬江西）人，劉文述老友。程秉釗，字公勖，號蒲孫，又號臧拜軒主人，安徽绩溪人，道光庚申至辛酉寓居杭州。太平軍陷杭州，避地通州。有日記《記事珠》。

［四］張應昌《彝壽軒詩鈔》卷十一乙丑《餘生草》，《哭亡友八首・魏滋伯謙升》小注云：「君假居余屋。辛酉冬，杭城再陷，全室罹難。是時城中先絶糧，滋伯如何身殉及其家屬子孫下落，竟全無消息。」又有懷魏謙升二律，序云：「庚申之春，余去鄉井，冬間老友滋伯寄示臘中感吟詩，讀之已深凄愴，迨辛酉冬，故鄉復陷，老友云亡。」

［五］張應昌《煙波漁唱》卷三《南歌子》詞前云：「偶存吴蘋香女史舊贈詞箋，追憶昔年香雪廬館雅集，未幾皆罹劫難，女史兄弟並亡。」案，此詞作於同治六年（1867）。見附録「生平與交遊」。

目録

香南雪北詞

香南雪北廬詞 …………………………… 一七一

詞補遺 …………………… 一八一

外二種

花簾詞

序一

嘗讀詞至易安居士「落日鎔金，暮雲合璧」，則夢窗之穠麗也，「染柳煙輕，吹梅笛怨」，則《花間》之芳艷也，美哉！《漱玉》一編，其詞家之大宗乎！國朝詞人輩出，余獨心折長洲李晨蘭生香館作，組織性靈，抒寫懷抱，讀者比之蜀鳥啼花，湘蘭泣露。余序中所云「緑鬟秦柳，紅粉姜張」，非溢美也。錢塘吴蘋香女士，金粉仙心，煙霞逸品。彩鸞寫韻，每多寓感之吟；靈鳳歌中，恒有緣情之作。嘗以所著《花簾書屋詞》乞序於余。疏影暗香，不足比其清也；曉風殘月，不足方其怨也；滴粉搓酥，不足寫其纏綿也；衰草微雲，不足宣其湮鬱也。顧其豪宕，尤近蘇辛。寶釵桃葉，寫風雨之新聲；鐵板銅絃，發海天之高唱。不圖弱質，足步芳徽。兼之妙解宫商，精通音律。青綾障外，花環顧曲之堂；紫脉屏前，珠記點弓之屐。嘗自寫飲酒讀《騷》

小像，以金元樂府題之。十眉捧硯，譜出《霓裳》；雙鬟吹笙，舞來翠袖。金尊酒暖，銀燭花濃。比之宋若昭男子之裝，黄崇嘏狀元之齣。余嘗修菊香、小青、雲友墓於西湖，女士以南曲題之。余湘中艤櫂，漢上題襟，偶遇舊游，爲翻新譜。湘人善感，争爲《桃葉》之歌；楚女多情，競學《竹枝》之唱。幾於家工擘阮，户解調筝。余詩所云「湘月初三花十八，家家兒女唱蘭因」，紀實也。嗟乎！佳俠含光，紅綃結佩；靈修善怨，緑綺停琴。況以蘭薰玉潔之姿，不無蕙嘆芝焚之感。宜其容華凄折，情思銷沈。林端月上，吟豆蔻以緘辭；陌上花開，詠蘼蕪而染翰。一襟澹墨，百幅烏絲。釧動花飛，過雲廊而宛轉；笙寒水皺，步月榭而踟躕。庶幾把臂生香，比肩漱玉者歟？然而聰明才也，悲歡境也。仙家眷屬，智果先栽；佛海因緣，塵根許懺。與寄埋愁之地，何如證離恨之天；與開薄命之花，何似種長生之藥。誦四句金剛之偈，悟三生玉女之禪。餐兩峰丹竈之雲，飲三澗玉爐之雪。則花影塵空，簾波水逝。何妨與三藏珠林、七籤雲笈同觀耶？僕玉局修書，金釵問字。謬見推於馬齒，方感蓬飄；嗟永睠於蛾眉，最憐蕉萃。春風擫管，聊爲喤引之聲；明月吹簫，珍此絃歌之集。大江東去，我正憑黄鶴樓窗；小海西流，誰更拍紫鸞笙譜（余詞名）。

道光己丑花朝，頤道居士陳文述序於漢皋青鸞閣。

序二

吾杭會城之東，邃隰迤衍，水木明瑟，一種幽闃遼敻之狀，於詞爲宜。往時厲樊榭徵君、吴穀人祭酒，先後居是地，詞亦同出一源。自祭酒之亡也，或慮壇坫無人，詞學中絶，不謂繼起者乃在閨閣之間。吴蘋香女士亦居城東，幼而好學，長則肆力於詞。居恒庀家事外，手執一卷，興至輒吟，緝商綴羽，不失分刌。嘗寫《飲酒讀騷圖》，自製樂府名曰《喬影》，吴中好事者被之管絃，一時傳唱，遂遍大江南北，幾如有井水處必歌柳七詞矣。猶記丙戌之春，家侍御伯主講吴中，命余隨侍，小住滄浪亭畔，坐客如潘榕皋農部、吴玉松侍御、齊梅麓郎中、陳雲伯明府，皆數稱女士才不置。時女士亦以事至吴，因得盡讀所爲《花簾詞》，靈襟獨抱，清光大來，不名一家，奄有衆妙。雖方心沓舌如余者，亦知吟諷不輟，始嘆其用力之專且久也。古名媛之工詞者，莫如李易安《漱玉》一編獨有千古，然易安身世仳離，豐於才而嗇於遇，未若女士生承平之代，擅清麗之才，無牽蘿補屋之悴，有坐花邀月之樂。以古方今，詎可同日？雖其中不無歌離弔夢，遣病言愁之作，仍以和平温厚出之，蓋所遇然也。即兹近詣，已足名家，鍥而不舍，當更有進於是者，正不能測其所至矣。余嘗因趙秋舲進士家親串往來，得見女士，神情散朗，有林下風，如濟尼之評王夫人。爲想古來頌椒賦茗之閨賢，亦不是過。進士亦工詞，自謂不如女士之專且久，然則論詞於城東，進士而外，繼厲、吴而起者，非女士誰屬哉。道光九年太歲在己丑中冬之朔，同里魏謙升撰。

序三

無歲而無落花也，無處而無芳草也，無日而無夕陽明月也。然而古今之能言落花芳草者幾人，古今能言夕陽明月者幾人？則甚矣，寫物之難，寫愁之難也。花簾主人，工愁者也；花簾主人之詞，善寫愁者也。不處愁境，不能言愁；必處愁境，何暇言愁？嫋嫋然，荒荒然，幽然悄然，無端而愁，即無端而詞。其詞落花也，芳草也，夕陽明月也，皆不必愁者也。不必愁而愁，斯視天下無非可愁之物，無非可愁之境矣。此花簾主人之所以能愁，而花簾主人之所以能詞也。爰刊其詞，以示世之愛言愁者。若夫詞之體律，詞之音韻，向者嘗評之矣，夫又何言？道光庚寅花朝秋舲趙慶熺書於蘅香館。

浪淘沙

蓮漏正迢迢。涼館燈挑。畫屏秋冷一枝簫。真箇曲終人不見，月轉花梢。何處暮鐘敲。黯黯魂銷。斷腸詩句可憐宵。莫向枕根尋舊夢，夢也無聊。

【校記】

《國朝詞綜補》續編卷十三收録。「迢迢」，小檀欒室本作「苕苕」。

清平樂

一庭苦雨。送了秋歸去。只有詩情無著處。散入碧雲紅樹。黄昏月冷煙愁。湘簾不下銀鈎。今夜夢隨風度，忍寒飛上瓊樓。

滿江紅

門掩斜陽，滿院裏、零花瘦草。疏簾卷、紙窗風緊，玉爐煙裊。天末數聲征雁過，林邊幾點歸鴉噪。悄無人、落葉冷空階，紅誰掃。　　題不盡，傷心稿。消不盡，閒煩惱。算眼前愁境，又添詩料。翠影自憐雙袖薄，病魂已約三秋老。待巡簷、索笑問寒梅，春還早。

【校記】

「征雁過」，《華簾詞鈔》作「征雁苦」。

行香子

長夜迢迢。落葉蕭蕭。紙窗兒、不住風敲。茶温煙冷，爐暗香消。正小庭空，雙扉掩，一燈挑。　　愁也難拋。夢也難招。擁寒衾、睡也無聊。凄涼景況，齊作（去）今宵。

有漏聲沈，鈴聲苦，雁聲高。

【校記】

「迢迢」，小檀欒室本作「苕苕」。

滿江紅（二首）

謝疊山遺琴二首。琴名號鐘，爲新安吴素江明經家藏

半壁江山，渾不是、鶯花故業。嘆回首、蕭條野寺，凄涼落月。鄉國烽煙何處認，橋亭卜卦誰人識。記孤城、隻手挽銀河，心如鐵。　纔賦罷，無家別。早殉此，餘生節。儘年年荼坂，杜鵑啼血。三尺焦桐遺古調，一坏黄土埋忠穴。想哀絃、泉底瘦蛟蟠，苔花熱。

怨羽愁宫，算歷劫、沈埋燕代。慟今古、電光石火，人亡琴在。南國穿雲誰挈去，西臺如意空敲壞。賸孤臣、尚有未灰心，垂千載。　冬青落，花無賴。枯桐活，天都快。試一彈再鼓，只增悲慨。凄烈似聞山寺泣，蕭騷不減松風籟。嘆伯牙、辛苦舊時情，知音解。

【校記】

《華簾詞鈔》題作「題謝疊山遺琴圖二首」。

調笑令

花徑。花徑。添個愁人孤影。夜深月冷風寒。何處高樓笛殘。殘笛。殘笛。吹破早梅消息。

金縷曲

題王蘭佩女士《静好樓遺集》

一覽遺芳稿。認當時、青綾幃裏，班才薛貌。忍把無窮思親苦，寫出大家聲調。更莫問、瑶琴静好。縱有窗前京兆筆，料年年、只合和愁掃。怎舒得，翠眉笑。　玉臺人本工煩惱。也非關、蘭因絮果，春風劫小。自古清才妨濃福，畢竟聰明誤了。豈向、空王不早。我試問天天語我，説仙娥、偶謫紅塵道。今悔過，太虛召。

【校記】

「清才」，《華簾詞鈔》作「清文」。

一痕沙

莫把韶華細算。九十今猶未半。春縱不嫌多。奈愁何。　只是日長無緒。添上水沈幾炷。窗外影移花。夕陽斜。

【校記】

「不嫌」，《華簾詞鈔》作「不厭」。按，依詞譜，此處格律應爲仄平。

虞美人

曉窗睡起簾初卷。入指寒如翦。一宵疏雨一宵風。無數海棠瘦得可憐紅。

分明人也因花病。幾度慵拈鏡。日高猶自不梳頭。只聽喃喃燕子話春愁。

【校記】

「曉窗」，《國朝詞綜補》續編卷十三作「曉妝」。「慵拈」，《國朝詞綜補》續編卷十三作「愁窺」。「猶自」，《華簾詞鈔》作「猶是」。

秋波媚

題汪沅蘭女史白蓮畫卷

西風涼入藕花秋。占斷白蘋洲。淡妝無語，淩波微步，幾許閒愁。　夕陽過盡亭亭影，嬌睡熟曾不。黃昏近也，月明何處，一片香浮。

賀新涼

六曲屏山角。有絲絲、柳條綰住，一痕春脚。卻怪天公偏耐冷，作（去）就輕陰漠漠。

正曉睡、被鶯催覺。病怯餘寒禁不得，檢青箱、重把湖綿著。梳裹罷，啓湘箔。　心情只似今非昨。報庭前、殘紅謝也，又添離索。狼藉胭脂香滿地，多半隔宵風惡。　翻悟到、人生榮落。回首繁華原若夢，再休提、命合如花薄。茵與溷，偶然錯。

【校記】

「卻怪」，《華簾詞鈔》作「恰怪」。

訴衷情

紅衾香冷隔宵和。曉日澹簾波。睡起記他蝶板，一一點鶯歌。　晴未穩，雨新過。落花多。問春無語，遣春不去，奈此春何。

【校記】

「記他」，小檀欒室本作「記它」。

祝英臺近

影

曲闌低，深院鎖。人晚倦梳裹。恨海茫茫，已覺此身墮。可堪多事青燈，黃昏纔到，更添上、影兒一箇。　最無那。縱然著意憐卿，卿不解憐我。怎又書窗，依依伴行坐。算來驅去原難，避時尚易，索掩卻、繡幃推卧。

【校記】

「深院」，《華簾詞鈔》作「重門」。「恨海茫茫」，《華簾詞鈔》作「似絮沾泥」。「已覺」，《華簾詞鈔》作「已厭」。「尚易」，《國朝詞綜補》續編卷十三作「還易」，《華簾詞鈔》作「未易」。

賣花聲

深院晚妝慵。鬢軃鬟鬆。忍寒和月下簾櫳。掩卻碧紗屏小小，不許燈紅。　好夢忒惺忪。去也匆匆。池塘春影又成空。一片吟魂無著處，隨住東風。

風中柳

遊絲

何處遊絲，吹到没人庭院。忒纏綿、和愁牽絆。祝風休驟，倩柳條私綰。算今番、留春一綫。　無賴鶯梭，偏又將伊織斷。賸星星、飄零不見。怎如蛛網，尚憐香心慣。把墻角、落紅低罥。

金縷曲

悶欲呼天説。問蒼蒼、生人在世，忍偏磨滅。從古難消豪士氣，也只書空咄咄。正自檢、斷腸詩閲。看到傷心翻失笑，笑公然、愁是吾家物。都并入、筆端結。　英雄兒女原無别。嘆千秋、收場一例，淚皆成血。待把柔情輕放下，不唱柳邊風月。且整頓、銅琶鐵撥。讀罷離騷還酹酒，向大江、東去歌殘闋。聲早遏，碧雲裂。

如夢令

燕子

燕子未隨春去。飛到繡簾深處。軟語話多時，莫是要和儂住。延佇。延佇。含笑回他不許。

【校記】

「回他」，小檀欒室本作「回它」。

沁園春

花朝

雨雨風風，釀就微陰，春魂暗銷。鎮支離病骨，茶鐺藥裹；禁持瘦影，翠袖冰綃。

簾卷雙鈎，窗開六扇，燕子偏來話寂寥。妝成也，記年年此日，曾買輕艘。關心碧柳緗桃。總負卻、明湖十二橋。自湔裙人散，閒居有賦；踏青期阻，枯坐無聊。知趣東皇，似嫌著色，翻把繁華用白描。闌干外，但紅痴緑醉，不作（去）花朝。

齊天樂

有懷茝香姊

陰陰曉院重門閉。鳴鳩數聲花底。簟冷如冰，窗虛似水，知道今朝晴未。懨懨睡起。正疊雪衫輕，盤雲髮膩。回首春遊，一杯殘酒到棽尾。分明幽恨幾許，盡將來放在，心裏眉裏。六曲屏前，雙鈎箔下，冷落紅腔誰記。伊人去矣。縱獨按宫商，也應無味。只把涼簾，碧闌干外倚。

【校記】

「如冰」，《華簾詞鈔》作「如波」。「回首」二句，《華簾詞鈔》作「薄命羅紈，不關秋到也抛棄」。

酷相思

寂寂重門深院鎖。正睡起、愁無那。覺鬢影微鬆釵半嚲。清曉也、慵梳裹。黄昏也、慵梳裹。竹簞紗幮誰耐卧。苦病境、牢擔荷。怎廿載光陰如夢過。當初也、傷心我。而今也、傷心我。

【校記】

「耐卧」,《華簾詞鈔》作「待卧」。

蘇幕遮

聽莖香姊彈瑟

曲初終,人未杳。指下泠泠,一片悲風繞。酒醒西窗殘月到。二十五絃,彈得天應曉。碧空寒,湘水渺。千古傷心,只賸遺音好。江上數峰青不了。木落煙波,誰把雲和抱。

邁陂塘

憶趙茗香姊

看天街、嫩涼如水，知他今夕何夕。曲終酒醒人歸去，怎遣者番岑寂。愁默默。但屈指、連宵不鼓雲和瑟。病懷碎積。嘆心似回潮，身同殘燭，百感正交集。紅樓外，猛地誰家倚笛。一聲聲又凄惻。故園楊柳依然在，報甚秋風消息。燈半壁。偏照得、紗幮有夢難尋覓。窗兒漸黑。早月墮迴廊，鐘敲遠寺，滿院曉煙碧。

【校記】

「碎積」，《華簾詞鈔》作「堆積」。「迴廊」，《華簾詞鈔》作「斜闌」。

喝火令

竹簟涼如洗，蕉屏夢未招。欲眠又起整冰綃。且向碧紗窗下，悄地檢香燒。愁怕和天説，詩多帶病敲。今宵依舊似前宵。一樣燈紅，一樣漏迢迢。一樣酒醒時節，斜月上花梢。

【校記】

《國朝詞綜續編》卷二十四、《國朝詞綜補》續編卷十三收録。

壽樓春

七夕

覺新涼如波。報佳期到了，鵲早填河。屈指頻移玉漏，乍抛金梭。蟾影淡，銀潢拖。望碧空、秋雲羅羅。恰紅袖同攜，畫屏無睡，相約拜星娥。良宵好，休輕過。

有天酬情債，人惹詩魔。儘夜憑闌徙倚，把杯吟哦。幽夢短，離愁多。較世間、塵緣蹉跎。笑暮暮朝朝，神仙奈他兒女何。

【校記】

「覺」，《華簾詞鈔》作「纔」。「把杯」，《華簾詞鈔》作「把盞」。依詞譜，此處格律應爲仄平。

菩薩蠻

雨晴天氣秋如畫。屏山幾曲垂簾亞。花徑爲誰開。美人來未來。　日斜階下立。不耐西風急。靠住小闌干。一雙羅袖單。

陌上花

重門閉也，天涯何處，一枝横笛。只隔紅墻，吹得柳絲無力。棲鴉不管銷魂況，猶帶夕陽顔色。又懨懨睡起，爐香燒罷，玉階閒立。　悵年來病裹，嫌寒怯暖，負了許多佳日。轉眼重陽，尚恐雨晴難必。流光容易拋人去，誰見柱移瑶瑟。便尋思，二十五條絃上，已過三七。

【校記】

「閉也」，《國朝詞綜補》續編卷十三作「閉向」。「天涯」，《國朝詞綜補》續編卷十三作「秋林」。「病裏」，《國朝詞綜補》續編卷十三作「鎮嫌」。「嫌寒怯暖」，《國朝詞綜補》續編卷十三作「寒怯暖」。「雨晴難必」，《國朝詞綜補》續編卷十三作「雨難晴必」。

三字令

秋色裏，畫屏空。晚來風。楊柳瘦，海棠紅。月移簾，簾鎖月，兩朦朧。人未散，曲先終。聽歸鴻。銀甲冷，玉絃鬆。坐無聊，眠也罷，莫惺忪。

【校記】

「眠也罷」，小檀欒室本作「瞑也罷」。

乳燕飛

愁

不信愁來早。自生成、如形共影，依依相繞。一點靈根隨處有，閱盡古今誰掃。問散作、幾般懷抱。豪士悲歌兒女淚，更文園善病河陽老。感斯意，即同調。　助愁尚有閒中料。滿天涯，曉風殘月，夕陽芳草。我亦人間淪落者，此味儘教嘗到。況早晚、又添多少。眼底眉頭擔不住，向紗窗、握管還吟嘯。打一幅，寫愁稿。

虞美人

黄昏月黑秋聲鬧。隔箇窗兒小。聽風聽雨未分明。只是瀟瀟颯颯滿空庭。　寒釭剔燼吟懷倦。長夜應過半。池塘春草總模糊。轉覺今宵有夢不如無。

【校記】

「寒釭剔燼」，《華簾詞鈔》作「寒更寂寞」。

菩薩蠻

夕陽庭角歸鴉噪。銀屏翠幕生寒峭。暝色上花枝。曲終人去時。　黄昏深院鎖。只是薰香坐。一夜雨和風。小窗燈不紅。

【校記】

《國朝詞綜補》續編卷十三收録。

江城梅花引

昨宵疏雨滴空齋。怕春來。竟春來。真箇春來。百事費安排。整了薄妝眉未掃，鎮無語，悄鈎簾、步碧苔。　碧苔。碧苔。上閒階。停繡鞋。倚玉臺。數也數也，數不盡、花落花開。只問柳梢，青眼爲誰擡。紫燕黄鸝都不語，還待要，背東風、各自猜。

菩薩蠻

梨雲漠漠圍春院。藥爐茗碗温存慣。風雨又黄昏。有人深閉門。　落花流水去。忽憶年時句。燈燼不禁挑。玉釵何忍敲。

連理枝

不怕花枝惱。不怕花枝笑。只怪春風，年年此日，又吹愁到。正下帷趺坐、没多時，早蜂喧蝶鬧。　天也何曾老。月也何曾好。眼底眉頭，無情有恨，問誰知道。算生來并未、負清才，豈聰明誤了。

【校記】

「有恨」，《國朝詞綜補》續編卷十三作「有限」。

十六字令

燈

青。花落花開半壁燈。江湖夢，和雨不分明。

念奴嬌

題韻香《空山聽雨圖》

珠眉月面，記前身、是否散花天女。寂莫琳宫清梵歇，人在最深深處。一縷凉煙，四圍冷翠，幾陣瀟瀟雨。翦燈人倦，鶴房仙夢如煮。恰好寫到黄庭，畫成金粟，總合天真趣。疏竹芳蘭傳色相，不似謝家風絮。香火因緣，語言文字，唱絶雲山侶。拈來一笑，玉梅春又何許。

【校記】

「韻香」，小檀欒室本作「均香」。

菩薩蠻

小屏古畫層層列。小山窠石重重疊。一翦牡丹芽。幾叢蝴蝶花。　袖羅香不已。人在東風裏。妨了繡工夫。緑窗調女奴。

摸魚兒

不多時、韶光漸老，輕陰依舊如墨。條條楊柳星星絮，已有二分春色。晴未必。又小雨、廉纖作（去）弄紗窗濕。燕來定識。記青粉墻邊，紅泥亭畔，一桁畫簾隔。　江南路，知否杏花消息。明朝已是寒食。平頭鞋子雙鸞穩，還怕踏青無力。愁不得。但當面逢人，背面秋千立。尋尋覓覓。卻埋怨東風，等閒多事，吹皺半池碧。

【校記】

定識，《華簾詞鈔》作「須識」。

河傳

春睡。剛起。自兜鞋。立近東風費猜。繡簾欲鈎人不來。徘徊。海棠開未開。料得曉寒如此重。煙雨凍。一定留香夢。甚繁華。故遲些。輸他。碧桃容易花。

洞仙歌

題梁溪顧羽素夫人《緑梅影樓填詞圖》

陰陰薄冥，悄黄昏時候。幾樹梅開暗香逗。又疏簾，半卷和月和煙，分不出、花影風篩翠袖。小窗燈火裏，擁髻微吟，想見伊人正呵手。清極不知寒，坐到宵深，有青入、兩眉痕瘦。看一角、樓臺似羅浮，算除卻詞仙，更誰消受。

【校記】

小檀欒室本題作「奉題梁溪顧羽素夫人緑梅影樓填詞圖」。「薄冥」，小檀欒室本、《國朝詞綜補》續編卷十三作「薄暝」。

蘭陵王

怕春去。把酒和春對語。天涯路，花落水流，究竟韶華靠誰住。垂楊萬萬縷。何處。深藏杜宇。春歸也，無力挽留，一任東君自爲主。　愁懷黯如煮。已數遍殘紅，搓盡飛絮。幾回還待開簾覷。正滿地芳草，半痕斜照，飛來蝴蝶尚栩栩。諒知我吟緒。頻著。斷腸句。嘆過客光陰，真箇無據。闌干拍損空延佇。只數點香暈，兩行煙樹。黄昏剛到，又禁着，一陣雨。

惜分釵

聞蛩

閒庭宇。秋如許。還添幾個寒蟲語。一聲聲。一更更。難道今宵，説到天明。聽聽。

茶分乳。香銷炷。紅衾欲整從新住。且消停。再呼燈。麂眼籬邊，蛤粉墻陰。尋尋。

十六字令

寒。人立西風翠袖單。斜陽暮，花影上闌干。

【校記】

《國朝詞綜補續編》卷十三收録。

金縷曲

生本青蓮界。自翻來、幾重愁案，替誰交代。願掬銀河三千丈，一洗女兒故態。收拾起、斷脂零黛。莫學蘭臺悲秋語，但大言、打破乾坤隘。拔長劍，倚天外。　人間不少鶯花海。儘饒他、旗亭畫壁，雙鬟低拜。酒散歌闌仍撒手，萬事總歸無奈。問昔日、劫灰安在。識得無無真道理，便神仙、也被虛空礙。塵世事，復何怪。

【校記】

「總歸」，《華簾詞鈔》作「空歸」。

酷相思

炙了銀燈剛一會。獨自把、紗屏背。怎幾箇黄昏偏不寐。心上也、愁難諱。眉上也、愁難諱。　薄紙窗兒寒似水。一陣陣、風敲碎。已坐到纖纖殘月墜。有夢也、應該睡。無夢也、應該睡。

點絳唇

倚竹拈花，生寒翠袖無人問。一天風緊。雁字來成陣。　畫角城樓，又早催霜信。憑闌認。亂山隱隱。衹與斜陽近。

卜算子

時節未清明，小雨剛剛歇。獨倚銀屏避曉寒，只把羅衣熨。　一陣海棠風，幾點梅花雪。打疊春愁不下簾，待燕歸來説。

風流子

闌干十二曲，重回首、争忍酌金卮。悵昨夜雨疏，今朝風驟，落花流水，飛絮平池。餞春會、離歌三兩闋，添譜懊儂詞。芳草有情，緑應如此；夕陽無主，紅不多時。韶華歸何處，垂楊繫不定，裊裊煙絲。一霎人間天上，香冷雲痴。近黄昏院落，湘簾半卷，玉階小立，數遍胭脂。腸斷數聲啼鳥，都在空枝。

【校記】

「流水」，《篋中詞》今集卷五作「小徑」。「不定」，《華簾詞鈔》作「不住」。「裊裊」，《全清詞鈔》作「還嫋」。

摸魚兒

同人重建和靖先生祠於孤山，許玉年明府爲補梅飼鶴，填詞記事，屬和原韻

緑裙腰、年年芳草，春風老卻和靖。段家橋畔西泠路，寂莫古梅香冷。空自省。便

薦菊泉甘、那許吳儂認。舊遊放艇。記圖畫中間，玻璃深處，曾弔夕陽影。先生去，抱月餐霞無定。幾時鶴夢能醒。重來風景全非昔，一角樓臺新證。闌欲凭。覺樹底、霜禽小語留清聽。行吟翠嶺。把謝句閒擕，巴歈試和，對面碧山應。

【校記】

「西泠路」，《華簾詞鈔》作「孤山路」。結拍三句，《華簾詞鈔》作「想前輩高情，後賢勝舉，聲氣共相應」。

千秋歲

斷無人處。綠遍深深樹。燕子靜，鶯兒語。落花春色老，流水年華去。聽不得，打窗幾陣黃梅雨。　病起閒凝佇。滿院痴雲聚。簾放押，香銷炷。莫吹江上笛，已盡天涯絮。薰風起，柳絲又作愁千縷。

【校記】

「放押」，《華簾詞鈔》作「卷户」。

鬢雲鬆令

題《自鋤明月種梅花圖》

碧無痕，香滿把。小劚金鋤，雪片摇空下。一徑涼煙都碎也。疏影横枝，補到闌干罅。　畫中詩，詩中畫。畫裏詩人，可是神仙亞。好箇江南花月夜。翠羽飛來，説甚啁啾話。

【校記】

「香」，《華簾詞鈔》作「霜」。「雪片」句，《華簾詞鈔》作「漠漠寒煙瀉」。

憶秦娥

鸚哥語。昨宵有陣催花雨。催花雨。碧紗窗下，曉寒如許。　侍兒幾度鈎簾覷。玉梅開在深深樹。深深樹。疏香小艷，是春來處。

唐多令

春水一江流。春山面面愁。鎖春光、百尺高樓。樓上美人眠未起，嗔小玉、上簾鈎。　碧蘸滿眶秋。紅添兩頰羞。忒惺忪、好夢難留。怪底雙鬟籠不住，知溜卻、鳳釵頭。

金縷曲

題李海帆太守《海上釣鰲圖》

放眼乾坤小。猛翻來、銀濤萬疊，海門秋早。一帶滄溟雲氣湧，裝點樓臺七寶。算十丈、紅塵不到。綫樣虹霓鈎樣月，讓先生、散髮垂綸釣。揮手處，復長嘯。　詩狂酒俠心難老。拂珊瑚、一竿纔下，六鰲齊掉。陡覺天風吹日近，望裏蓬瀛了了。問仙骨、更誰同調。不信騎鯨千載下，有如來、金粟重留照。閒把卷，識奇表。

邁陂塘

題王竹嶼通守《夕陽花影圖》

忒惺忪、一場花夢，和春驀地來去。斜陽本是銷魂物，紅到曲闌芳樹。留不住。覺過眼韶華，空色都無據。惱人情緒。只幅幅生綃，亭亭倩影，添寫斷腸句。　天涯路。惆悵緑陰如許。不知香塚何處。朝雲誦偈坡仙老，一種傷心誰與。頻聽取。有幾箇黄昏，幾陣垂簾雨。離愁萬縷。便錦瑟重調，玉環再見，已作隔生侣。

【校記】

「萬縷」，《華簾詞鈔》作「千縷」。

轉應詞

月夜憶莔香姊

人去。人去。影也留他不住。晚來風卷簾旌。又見花前月明。明月。明月。何苦陰晴圓缺。

貂裘換酒

題葛秋生茂才《横橋吟館詩畫册》

幾輩推清望。正才人、評花醉月，冷吟閒賞。一帶河橋横雁齒，畫出輞川新樣。有幅幅、柔藍低漾。小拓軒窗三兩處，把筆牀、茶竈都安放。添設到，絳紗帳。　十年前打吴門槳。挂煙波、輕帆葉葉，歸來無恙。問訊盟鷗同舊日，續了蘭陵高唱。算詩虎、酒龍誰讓。卻怪雲泥分手異，又無端、小别成惆悵。能不作，望風想。

【校記】

「盟鷗」，小檀欒室本作「盟漚」。

洞仙歌

贈吴門青林校書

珊珊鎖骨，似碧城仙侶。一笑相逢澹忘語。鎮拈花倚竹，翠袖生寒，空谷裏、想見個儂幽緒。　蘭缸低照影，賭酒評詩，便唱江南斷腸句。一樣掃眉才，偏我清狂，要消受、玉人心許。正漠漠、煙波五湖春，待買箇紅船，載卿同去。

高陽臺

芳草粘天，落花糝地，啼鵑枝上頻催。把酒臨風，問春春幾時回。荼蘼不管東皇去，一絲絲、翠罨香圍。好徘徊。六曲屏開，半幅簾垂。　踏青已負年時約，任柳綿如雪，飛滿紅闈。緑意愔愔，夢中蝴蝶忘歸。打窗一樣懨懨雨，不多時、聽到黄梅。懶搴幃。銀甲長拋，玉笛休吹。

【校記】

《國朝詞綜續編》卷二十四收録。

蝶戀花

題魏雨人明經《緑天覓句圖》

如水蕉陰天欲礙。不放斜陽，紅到書窗外。移得筆牀茶竈在。分明人占清涼界。

夢草池塘春色改。寫遍蠻箋，翦取秋林代。聽殺黄昏風雨大。一聲聲又催詩快。

連理枝

立夏

新樣蟬紗試。拂面微風至。簌簌殘紅,濛濛落絮,惱人情思。鎮妝成重插玉搔頭,戴櫻桃梅子。　宿釀梨花漬。豔豆香盈指。撲蝶期過,餞春會了,繡窗無事。好韶華一晌便催歸,怨啼鵑不是。

【校記】

《國朝詞綜續編》卷二十四收録。「重插」,《華簾詞鈔》作「斜插」。

喝火令

扇引團團月,衫更薄薄羅。水晶簾子漾微波。梳罷一渦雲髻,池上看新荷。　無意留春住,驚心怕病磨。好天能幾日清和。等得花飛,等得柳絲拖。等得芭蕉葉大,夜夜雨聲多。

【校記】

《國朝詞綜續編》卷二十四收録。

金縷曲

題張雲裳女士《錦槎軒詩集》

一夜觀星墮。步珊珊、碧空飛下，水仙花朵。名將儒風從來少，況有雛凰親課。喜嬌小、才偏勝左。硯匣琉璃隨身抱，拂紅箋、吟盡書窗火。九天外，落珠唾。凝妝鎮日臨池坐。好清閒，書禪畫聖，香名早播。始信大家聲調别，福慧他年誰過。覺展卷、自慚形涴。儂是人間傷心者，怕郊寒、島瘦詩難可。拈此闋，代酬和。

【校記】

「他年」，小檀欒室本作「它年」。

十六字令

纔。人報花梢月上來。停琴坐，秋影落空階。

憶秦娥

輕羅小扇紅羅鞋。花簾開。月華如水浮天街。浮天街。冷螢一點，飛上涼釵。夜深相約橫琴來。橫琴來。曲終香燼，澹殺吟懷。

摸魚子

歌者沈嘉珍向客淮陰汪已山員外家，閱歷歡場，垂垂老矣。有《招涼圖》行看子，名作林立，許玉年明府轉爲索題，因誦少陵「岐王宅裏」之句，不能無感，聊復倚聲

是誰工、霓裳舊譜，一聲聲斷還續。飄零淮海頭將白，賴有隨身竿木。花簌簌。嘆老矣、龜年紅豆傷心曲。兩三間屋。正白紵全翻，青衫對坐，石銚茗初熟。江南憶，我亦挂帆六幅。扁舟來翦波緑。平生結習惟躭此，聽遍哀絲豪竹。春去速。算檀板、登場曾記唐衢哭。昆刀切玉。覺删盡柔聲，唱成絶調，高響遏雲谷。

【校記】

《華簾詞鈔》題作「題伶人沈嘉珍觀復招涼圖」。「石銚」，《華簾詞鈔》作「石鼎」。「算檀板」句，《華簾詞鈔》作「記檀板、登場曾向雍門哭」。

江城梅花引

黄昏無語把金卮。正愁時。耐回思。記得當年，此夕坐填詞。依舊玉階涼似水，倚横笛，但聲聲、唱柳枝。　柳枝。柳枝。一絲絲。力不支。風又篩。瘦也瘦也，瘦不過、近日腰肢。誰道秋來，心事没人知。自有娟娟簾外月，長照我，晚妝殘、夜卧遲。

齊天樂

虧他一夜芭蕉雨，園亭作（去）成秋景。薄病懨懨，殘妝草草，茉莉晚香幽靚。疏煙送暝。恰小扇羅輕，流螢風定。獨倚屏山，滿身明月露華冷。　文窗欲啓未啓，怕晶簾卷碎，花影人影。掩卻蚊幮，燒殘麝炷，忘了紗衾教整。銅壺漏永。算如此秋光，儘儂消領。多少紅樓，酒魂涼不醒。

【校記】

「園亭」，《華簾詞鈔》作「園林」。「秋景」，《華簾詞鈔》作「秋境」。「蚊蟵」，小檀欒室本作「蛟蟵」。「秋光」，《華簾詞鈔》作「清光」。

清平樂

題《桐陰聽雨圖》

絶無塵俗。糝地桐陰緑。石鼎松風茶未熟。瑟瑟涼生滿幅。　畫中人正看鴉。孤山鶴已還家。貪洗兩三竿竹，不知誤了梅花。

醉太平

疏簾一層。疏燈一星。夜涼飛入流螢。照琴書亂横。　寒蟬暫停。寒蛩又鳴。一聲聲和秋聲。怕愁人不聽。

虞美人

本意題畫

生綃尺幅胭脂冷。省識東風影。二分嬌艷一分愁。和月和煙不是楚天秋。春泥底事埋香早。宿了紅心草。憑誰畫出美人魂。我欲拈花去弔憤王墳。

邁陂塘

題李紉蘭女史《生香館遺集》

裊香絲，文心一縷，纏綿幽緒難理。落花庭院春將老，多少冷吟閒倚。愁不已。問早向蓮臺、懺得聰明未。華年有幾。漸結損紅蘅，歌殘秋雁，界面淚如洗。傷心事，除卻蘭姨瓊姊。眼前誰復知己。瑶清舊侶和煙散，親舍白雲無際。仙去矣。賸一串驪珠，怕逐天風起。碧空迢遞。莫追憶前塵，纔完小劫，珍重玉京裏。

疏簾淡月

黄昏人醉。又幾陣西風，紙窗敲碎。昨日今宵，一様薄寒如水。釵欹鬟嚲紗屏背，不成眠，夢來無謂。瓶花香細。筆花艷冷，缸花紅萎。　算何必、蓮臺懺悔。悔愁根未翦，休言聰慧。幅幅雲箋，灑滿數行清淚。羅襟長把秋蘭佩。一聲聲、歌斷山鬼。況禁病裏。年光去也，衹添憔悴。

清平樂

彎彎月子，照入紅閨裏。病骨珊珊扶不起。只把碧窗深閉。　幾家銀燭金荷。幾人檀板笙歌。一様黄昏院落，傷心不似儂多。

滿江紅

江秬香學博新得《晉任城太守孫夫人碑》拓本，徵題，爲填此解

斷碣沈埋，問誰辨、宜官鉅鹿。搜剔到、夕陽蒼蘚，秋風古木。金石未磨彤管記，玻璃空艷温泉浴。似曹娥、黄絹遇中郎，摩挲熟。一片石，韓陵續。三尺土，燕支覆。羨生花妙筆，雙鈎滿幅。前代名碑遺篆隸，後來詞客揮珠玉。屬書星、拓本好收藏，千回讀。

江城梅花引

夕陽西下水東流。怕經秋。又經秋。目送飛鴻，陣陣過南樓。猛覺尖風寒翠袖，埋怨到，挂簾櫳、玉一鈎。一鈎。一鈎。月當頭。酒半甌。香半篝。唱也唱也，唱不了、一曲涼州。笑問嫦娥，靈藥幾時偷。圓缺陰晴天不管，誰管得，古今來、萬斛愁。

【校記】

「經秋」，《國朝詞綜補》續編卷十三作「輕秋」。

買陂塘

初冬湖上

放輕舟、短長堤畔，玉驄金勒誰跨。水痕已減三篙緑，幅幅柔藍不瀉。秋去也。只睡裏、煙鬟山色仍如畫。段家橋下。看楓葉霜乾，蘆花雪冷，衰柳不堪把。湖光好，何必深春淺夏。四時風景都雅。飛飛鷗鷺疏疏影，難認荷灣菱汊。歸未捨。但紅了斜陽，是處鐘初打。碧琉璃瓦。看古寺僧還，佛樓梵起，樓外暮雲亞。

蘭陵王

繡窗閉。窗外紅簾垂地。黄昏後，一點燈疏，曲几深屏不曾倚。添衣唤侍婢。半臂綿温香膩。淡妝就，月轉花陰，炙罷銀篝試雙髻。幽意。碎難理。漸翠袖慵擡，鉛淚如洗。斷腸詩草闌珊味。早猛上心頭，又來眉際。檀痕暗掐玉纖記。譜入鳳笙細。階砌。亂蛩起。正如慕似泣，欲斷還繼。秋宵漫把閒愁比。悵寒蟬瘦盡，霜雁回未。芙蓉零落，弔艷影，歲暮矣。

如夢令

玉笛數聲何處。吹盡落梅飛絮。樓外有紅墻，不把夕陽圍住。春去。春去。愁殺好花一樹。

百字令

讀《繡餘續草》題寄歸佩珊夫人

似曾探到，者驪珠、顆顆光輝不滅。妙手都從天際得，果是裁雲縫月。半面緣慳，千回夢想，一瓣名香爇。驚才絶艷，玉臺無此人物。　聞道近日宣文，絳紗幃裏，弟子紅妝列。別有傷心圓缺感，漸漸鬢華如雪。日暮天寒，賣珠補屋，此境和誰説。讀君詩罷，爲君宛轉愁絶。

菩薩蠻

一年難得韶華住。墻圍青粉風團絮。飛絮撲簾香。柳絲多少長。　闌干紅幾摺。軟靠羅衣碧。不見夕陽還。畫屏山外山。

卜算子

愁不共春歸，界入雙蛾裏。門外飛花幾尺深，箇是埋愁地。　立近碧闌干，淚濕羅衫子。芳草何曾解斷腸，人自傷心耳。

【校記】

《國朝詞綜續編》卷二十四收録。

虞美人

風漪八尺玲瓏展。午睡何曾慣。閒分藥裹倦攤書。長日如年强半病銷除。

緑沈瓜是清涼引。熱惱須臾盡。斜陽偏到小窗紅。怎得階前添種碧梧桐。

南鄉子

吹到鯉魚風。涼殺秋花一朵紅。怪得黄昏寒又力,濛濛。人在疏簾細雨中。

香篆裊房櫳。倦倚薰篝鬢影鬆。多事青燈挑不盡,重重。偏向釵頭綴玉蟲。

【校記】

《國朝詞綜補》續編卷十三收録。「一朵」,《華簾詞鈔》作「一樹」。

高陽臺

上陳雲伯先生謹次見寄原韻即以代柬

玉局人遥，碧城路迥，仙雲一朵飛來。盥罷薔薇，幾回吟向妝臺。扶風許執金釵贄，悵何時、立雪閒階。向紗帷，席近春風，箋展秋苔。　琳琅金薤花前讀，嘆青蓮去後，無此天才。落月梁間，澹然想見高懷。蘭姨瓊姊瑶清約，待明年、拜識芳徽。好徘徊。綺閣紅窗，筆陣書堆。

【校記】

《華簾詞鈔》題作「上陳雲伯夫子即和見贈原韻兼以代柬」。

浣溪沙

掩卻屏山十二重。不知明月到簾櫳。一窗燈火碧紗紅。　書爲心忪開卷少，琴緣腕弱上絃鬆。夜寒争忍減香筒。

青玉案

沈采石夫人爲余繪苧邨煙雨篷子，兼以寫生尺幅見惠，填此報謝

畫圖别樣開生面。恰快似、并州翦。如此江村能幾見。美人何處，青山不老，一片煙波遠。　拆枝花倚東風軟。更活色、生香滿。何日翠樽湖上款。故鄉山水，勞君點筆，寫入鵝溪絹。

【校記】

《華簾詞鈔》題中「報謝」，作「鳴謝」。

清平樂

汪小韞世嫂屬題紅梨白燕寫生便面

夢回清絶。小院溶溶月。香又不寒雲又熱。釀作滿庭紅雪。　參差玉翦東西。幾時换卻烏衣。不是花留艷影，瓊樓誰見雙飛。

浪淘沙

吴門返棹，雲裳妹欲送不果，寄此留别

雙槳打横塘。何限江鄉。緑波争似别愁長。最憶前宵曾翦燭，同話西窗。　無計共離觴。踠地垂楊。數聲風笛斷人腸。從此天涯明月夜，各自凄涼。

虞美人

病

散花小劫誰能避。只把紗屏閉。病懷底事太纏綿。窗外藥爐風裊幾絲煙。
新涼羅幕寒如水。日日和衣睡。一般聽雨一般秋。不信今年人比去年愁。

賀新涼

寄懷雲裳妹，疊前題《錦槎軒稿》韻

桐葉驚秋墮。望迢迢、碧空無際，停雲幾朵。忽憶故人當此日，定整新涼詩課。記曾在、香邊硯左。煨茗清談今昔話，感楊花、作雪蓮開火。評月旦，笑還唾。何時再向青綾坐。約聯吟、二三知己，蘭陵争播。小敍珠宫追往事，一霎天風吹過。只襟上、酒痕猶涴。莫怪雙魚遲尺素，爲傷離、卧病愁難可。歌一闋，索君和。

江城梅花引

再寄雲裳

沈沈蓮漏入秋長。怕昏黄。易昏黄。最憶當時，聽雨話聯牀。一樣宵深閒不寐，問誰共，翦紅燈、坐碧窗。碧窗。碧窗。夜初涼。月半廊。花半墻。夢也夢也，夢不到、春草池塘。陣陣西風，吹露未成霜。十幅蒲帆何日到，空望殺，美人兮、水一方。

【校記】

「夢不到」，《華簾詞鈔》作「夢不穩」。

摸魚兒

吴門潘榕臯先生官農部時,夢華亭董太史於水光雲影間,因乞太史書,太史爲書尺幅而去,解組後追憶前夢,爲寫《水雲圖》,徵題及余,爰拈是解

忒分明、水西雲北,卧游歷歷能道。高情已逐滄浪去,畫省爐香猶裊。歌復嘯。趁萬頃煙波,一葉扁舟棹。紅塵擾擾。算身在鸞坡,心盟鷗渚,名宦幾人到。　跫音裏,親見前賢古貌。同鄉同夢同調。書裙潑墨華亭筆,替寫九峰三泖。歸去好。説老我江鄉,鱸膾秋風飽。掉頭一笑。看脱卻朝衫,攜將粉本,打幅遂初稿。

【校記】

「鸞坡」,《華簾詞鈔》作「鸞臺」。

南樓令

寄懷汪小韞世嫂吴中

福慧證雙修。神仙第一流。碧城高、何處瓊樓。吹氣如蘭人似玉，蘭秀雅，玉温柔。

別夢繞蘇州。雲山無盡頭。望江南、黯黯生愁。愁煞一方秋水闊，知甚日，得重遊。

【校記】

「碧城高」，《華簾詞鈔》作「碧城遥」。按，《華簾詞鈔》此題下共二首，另首見後「詞補遺」。

臺城路

題陳小雲世兄《湘煙小録》

渡江桃葉歌聲歇，傷心竟成春恨。打槳親迎，横琴側坐，想煞那回清韻。護花最穩。有障掩青綾，墻圍青粉。刻翠裁紅，肩隨妝閣索詩印。香衾拚負曉夢，但蘭羞早潔，纖手同進。璧月難圓，彩雲易散，艷福從來非分。東風太緊。悵芳草天涯，柳綿吹盡。聽雨黄昏，畫簾三兩陣。

【校記】

「拚負」，《華簾詞鈔》作「拋負」。

沁園春

新安齊梅麓先生性愛梅，得林處士像一幀，忽悟爲前身小影，因顔之曰「梅花居士圖」，屬題此解

歸去來兮，仙吏蓬萊，三年宦成。羨種梅繞屋，前身君復；看雲出岫，此日淵明。香作因緣，月參色相，展卷春風誤影形。翻然悟，記水邊籬落，雪後園亭。移家合住西泠。莫忘卻、孤山一角青。有當時竹閣，仍容高士；而今仙鶴，解識先生。七百年餘，大千境裏，總與疏花結澹盟。能來否，向白沙堤畔，重築詩城。

【校記】

「白沙堤畔」，《華簾詞鈔》作「段橋西畔」。

蝶戀花

舊句新吟窗下比。一種凄涼，兩樣愁滋味。往日傷心誰得已。而今怕又從頭起。

攬鬢剛窺明鏡裏。青入長眉，那有悲秋意。一笑拋書簾自啓。攜琴去向花前理。

金縷曲

題蔡丈木龕小像

屋外青山笑。笑先生、洗桐澆竹，幾曾閒了。可是未能除結習，清癖倪迂同調。又三徑、屢緣客掃。出世無妨同入世，倚南窗、猶覺陶潛傲。真樸性，古今少。

一龕休説蝸廬小。達人心、水流不競，雲眠都好。澹到忘言方得意，静裏天機入妙。算何必、冷吟長嘯。添種碧桃花萬樹，溯仙源、即在紅塵道。渾不借，武陵棹。

緑意

翠雲草

春泥翠濕。任柳絲一把，拖地無跡。夢覺池塘，卷起疏簾，濃藍暗染吟席。曹騰蜻眼偷窺處，笑没箇、踏青人識。漸緑陰、紅到斜陽，尚恐看朱成碧。　見説花鈿墜了，幾回唤小玉，階畔難覓。鬭向窗前，籠袖拈來，紺唾輸他顔色。東風吹透長堤路，又想像、纖羅裙褶。問甚時、長遍空山，高下冷煙同滴。

水調歌頭

撲螢

手弄白團扇，階下撲流螢。碧天今夜如水，三兩點秋星。卻繞井闌尋去，又被悭忪花影，遮得不分明。小步鳳鞋困，籠袖倚山屏。　　月籬外，煙砌畔，猛相迎。回身欲覓，無賴飛上玉釵停。門掩一層簾子，簾護一重窗子，偏解入疏櫺。應是會儂意，來作讀書燈。

千秋歲

題《停針教子圖》

繡工妨了。紗幕傳經早。人影瘦，妝樓悄。熨忘金斗冷，輝借蘭釭照。聽不厭，琅琅鳳嚩桐花小。　　機樣停鴛教。書味丸熊飽。一寸荻，三春草。碧桃和雪饋，玉樹臨風皎。試看取，他年紫錦鸞回誥。

疏影

冬夜對月

空庭似雪，有滿天露氣，滿地明月。纔看團團，又唱彎彎，無端多此圓缺。秋來已是難消領，況病過、薄寒時節。望碧雲、隱約瓊樓，想見素娥愁絶。　待把傷心細問，欲眠更强起，羅幕重揭。幾處笙歌，幾處關山，幾處照人離别。西風了不知霜信，但亂撲、打窗紅葉。甚夜深、猶倚闌干，翠袖冷將花折。

【校記】

「秋來已是」，《華簾詞鈔》作「涼秋一味」。

風流子

題江秬香學博《北渚載花圖》

黄河遠上曲，旗亭句、唱到木蘭舟。正北里胭脂，玉人窈窕；東山絲竹，名士風流。緑波外、垂楊千萬樹，恰恰囀鶯喉。茶竈書牀，短篷雙槳；羅衫團扇，錦字銀鈎。　蓮心紅徹底，鴛鴦七十二，飛過回頭。不記西湖湖水，閒了盟鷗。甚前塵如夢，青春十載，落花萬點，點點生愁。惆悵鵲華山色，畫裏成秋。

釣船笛

題吴香輪夫人《梅雀卷子》

何處覓幽香，展卷幽香盈幅。記得紅羅亭外，有人吹横竹。　　飛飛寒雀啅疏枝，争向畫檐撲。留取月明花底，看翠禽同宿。

乳燕飛

讀《紅樓夢》

欲補天何用。儘銷魂、紅樓深處，翠圍香擁。騃女癡兒愁不醒，日日苦將情種。問誰箇、是真情種。頑石有靈仙有恨，只蠶絲、燭淚三生共。勾卻了，太虚夢。　　喁喁話向蒼苔空。似依依、玉釵頭上，桐花小鳳。黄土茜紗成語讖，消得美人心痛。何處弔、埋香故冢。花落花開人不見，哭春風、有淚和花慟。花不語，淚如湧。

祝英臺近

夏松如茂才愛女伊蘭工吟詠，著有《吟紅館詩》，歿年十五。瀕危云：歸天上雷部去。松如撰略徵詩，一時題詠殆遍，倚聲及之

解吟椒，工詠絮。湘管墨花吐。綺歲盈盈，明月正三五。想它闌寫烏絲，團香鏤雪，有密字、珍珠無數。　仙何處。等閒一現優曇，天風自來去。夜半雲車，傳呼阿香御。定知六甲靈飛，步虛聲裏，先問訊、投壺玉女。

百字令

題《玉燕巢雙聲合刻》

春來何處，甚東風、種出一雙紅豆。嚼蕊吹花新樣子，吟得蓮心作藕。不隔微波，可猜明月，累爾填詞手。珍珠密字，墨香長在懷袖。　一似玳瑁梁間，飛飛燕子，軟

語商量久。從此情天無缺陷，艷福清才都有。紙閣蘆簾，蠻箋彩筆，或是秦嘉耦。唱隨宛轉，瑶琴静好時奏。

【校記】

下片前三句，《華簾詞鈔》作「試問德耀幽閒，文君俊雅，此境能兼否」。「從此」，《華簾詞鈔》作「況值」。

洞仙歌

題李丈西齋亡女《問字圖》

天風環佩，謫瑶臺清曉。見説飛瓊最嬌小。向庭前問字，花下横經，春去也、妨了繡工多少。　三生修慧業，畫閣疏香，似水年華好才調。白傅淚青衫，兒女情鍾，空紫石、摩挲墨妙。聽潮落、潮生又秋期，只半幅驚鴻，載將征棹。

壽樓春

新歲

驚東風吹來。有紅情緑意，綴上瑶釵。恰喜椒盤頌好，畫堂筵開。殘臘盡，韶光回。費一番、天公安排。正綵燕翩翩，新鶯嚦嚦，笑語到妝臺。　鰲山結，嬉遊纔。又試燈天氣，縱酒襟懷。幾處銀花影合，玉梅香猜。城不夜，春無涯。趁踏歌、銅壺休催。但明月隨人，人間暗塵飛六街。

南鄉子

元夜獨坐

把酒對青天。今月還同古月圓。合起古人花下問，團團。桂影山河幾萬年。　佳節若爲歡。簫鼓春城鬧上元。只有玉樓清似水，仙仙。我欲乘風跨綵鸞。

【校記】

「對青天」，《華簾詞鈔》作「問青天」。

如夢令

落燈夜

不見梅梢微雪。只見柳梢殘月。今夕落燈風，火樹銀花吹滅。清絶。清絶。正是酒闌時節。

洞仙歌

殘菊

深黄淺白，記重陽前後。滿把幽香一樽酒。甚西風簾卷，人淡於花，能幾日、花漸比人消瘦。

誰開三徑望，冷艷無情，蝶夢荒寒雁來久。紅了木芙蓉，静女娟娟，對老去、東籬詩叟。愛寂寞、秋容抱冬心,便十月清霜,一枝還有。

【校記】

「芙蓉」,小檀欒室本作「夫容」。「清霜」,小檀欒室本作「青霜」。

柳梢青

舊雨人遥,緑波春皺,江南草長鶯啼,正昔年聯袂時也。棖觸余懷,漫拈此解

楊柳風和。昔年此日,曾聽笙歌。東閣官梅,西窗畫燭,南浦煙波。　無端眉上心窩。有别恨、離愁許多。春去還來,愁來不去,春奈愁何。

【校記】

「畫燭」,《華簾詞鈔》作「殘燭」。

水調歌頭

題《柳暗花明又一村圖》

佳士愛名句，粉本拓煙霞。峰迴路轉何處，茅屋兩三家。如在山陰道上，步步引人入勝，望望酒帘斜。一帶水楊柳，萬樹碧桃花。　繞村郭，聞雞犬，見桑麻。不因蠟屐，誰信春色到天涯。好箇緑濛濛地，添段夕陽罨畫，無處不繁華。仙亦在塵境，何必武陵誇。

減蘭

題汪静芳女士《眠琴緑陰圖》

横琴選石。三弄冰絃無氣力。庭院愔愔。姑射仙姿太古心。　涼雲仙水。深護海棠嬌欲睡。一曲梅花。清絶香魂正夢他。

【校記】

「仙水」，《華簾詞鈔》作「如水」。

長相思

重三日有懷雲裳、小韞

望江南。夢江南。夢見春波幅幅藍。幾時重挂帆。　　憶清談。阻清談。萬樹桃花水一潭。離愁三月三。

【校記】

「幾時重挂帆」，《華簾詞鈔》作「何時再挂帆」。

水龍吟

匆匆九十韶華，者番玉指將輪遍。知他門外，風來幾陣，花飛幾片。又值新晴，明朝穀雨，牡丹應翦。想畫梁深處，棲香正穩，誰能似，雙雙燕。　卻怪絲楊成綫。不藏鶯、藏鴉隨便。如潮病信，如山心事，最難消遣。浮白杯空，踏青期阻，洗紅衫淺。任春來春去，綺窗朱户，總無人見。

【校記】

「知他」，小檀欒室本作「知它」。「風來」二句，《華簾詞鈔》作「花飛幾尺，簾垂四面」。「想畫梁深處」，《華簾詞鈔》作「畫簾深何處」。「絲楊」，《國朝詞綜補》續編卷十三作「楊絲」。

洞仙歌

五色罌粟花

吴罌小小，看非瓷非玉。似飽花神萬鍾粟。有飯抄雲子，囊鎖雲羅，春盡也、蝶稅蜂糧自足。　問誰明月下，劚罷金鋤，鸞帚輕勾畫闌曲。艷絶女兒妝，粉白香紅，又衣裹、迴黄轉緑。配崖蜜、煎來十分甜，笑一盞新嘗，味逾餳粥。

邁陂塘

一年年、花開花謝，春來還又春去。無人會得東皇意，錯怨枝頭杜宇。春縱住。問簌簌殘紅，可有安排處。春應笑語。説碧柰花開，黑罡風起，也合作香雨。銷魂路。楊柳千絲萬縷。絲絲難綰飛絮。天涯何必多芳草，門巷緑茵如許。誰復主。君不見、月樓花院留春寓。茫無意緒。但流水聲中，夕陽影裏，添了送春句。

鵲橋仙

沈湘佩女士屬題紅白梅花卷子，圖亦女士所作

斷橋流水，小窗横幅，一樣黄昏時候。和煙和月寫生難，定寒了、玉人翠袖。紅羅曲罷，縞衣夢醒，枝上霜禽覷透。隨他羌笛再三吹，吹不到、十分清瘦。

【校記】

「紅羅」,《華簾詞鈔》作「紅樓」。「覶透」,小檀欒室本作「覶逗」。

臺城路

題《近湖山館圖》

兩三間屋臨湖岸,青山對人如笑。十里鶯花,半牀書畫,仙吏合居蓬島。幽棲最好。好問訊林逋,結鄰蘇小。面面軒窗,水風開掩客尋到。波光一碧萬頃,看屏前鏡裏,時度雲鳥。紅壓闌干,緑侵簾幌,地近馬塍春早。閒吟未了。聽蘭槳歌來,玉驄嘶杳。陶洗詩襟,亂絲叢笛鬧。

【校記】

「湖岸」,《華簾詞鈔》作「湖曲」。

虞美人

孟夏偕兄姊僦居裏湖趙氏莊,作十日遊。莊有樓,面孤山,名鏡水樓

裏湖湖水清如鏡。倒浸樓臺影。樓前楊柳兩三株。恰與咸平處士對門居。藕花多在西泠路。細把荷錢數。孤山應不笑儂痴。日日紅船催去采蓴絲。

浣溪沙

湖心亭

楊柳如絲織萬條。水風四面不通橋。紅泥一角緑周遭。此地未經嘶寶馬,居人疑是踏金鼇。東西南北倚蘭橈。

清平樂

薄暮自南山歸西泠

湖煙湖水。一棹玻璃碎。落日四山横晚翠。西子妝殘欲睡。　歸來雲樹冥冥。模糊難認西泠。忽聽上方鐘響，舟人猶指南屏。

【校記】

「模糊」，小檀欒室本作「模黏」。

柳梢青

登寶石山，天然圖畫閣小憩，遂至保俶塔下

圖畫天然。偶來絶頂，小别塵寰。清咽泉流，陰生石磴，翠撲峰巒。　上方何處花關。白雲與、山僧往還。梵唄無聲，塔鈴不語，静證詩禪。

【校記】

《華簾詞鈔》題作「登寶石山至崇壽院復上山頂觀保俶塔」。

喝火令

四月十六夜，泛棹北山，月色正中，湖面若鎔銀。戲拈小石投水，波光相激，月纍纍如貫珠。時薄酒微醺，繁絃乍歇，浩歌一闋，四山皆應，不自知其身在塵世也

放眼壺天隘，當頭璧月圓。玻璃十頃不嫌寬。金管玉簫檀板，齊奏木蘭船。片石投如矢，層波漾作圈。明珠散走水晶盤。那得山靈，借我仙掌小於拳。那得虹霓成綫，萬顆一齊穿。

點絳唇

彩筆蠻箋，悲秋人續驚春句。斷難留住。逝水年華去。　怕不傷心，無可傷心

處。闌珊緒。聽風聽雨。多在芭蕉樹。

風中柳

花影

春壓闌干，是否紅圍翠擁。夕陽收、月明相送。疏疏密密，只暗香浮動。蝶難棲、不成仙夢。　　繡閣人人，誤把玉纖拈弄。滿羅衣、篩來無縫。簾櫳如畫，問描將幾種。抵十幅、生綃清供。

【校記】

「是否」，《國朝詞綜補》續編卷十三作「是處」。

憶江南

寄懷雲裳妹八首

江南憶，最憶識君時。潭水桃花紅萬點，蘇臺楊柳緑千絲。相見尚嫌遲。

江南憶，最憶綺筵開。阿母瑶池飛玉盞，女兒絳帳列金釵。座中除沈采石外，皆碧城弟子。誰是謫仙才。

江南憶，最憶好才華。春曉嫩寒香雪海，小窗横幅折枝花。詩畫本名家。雲裳有鄧尉探梅詩、牡丹畫幅。

江南憶，最憶夜聯牀。讀曲簾櫳花氣暖，吹簫庭榭月華涼。殘燭翦西窗。

江南憶，最憶緑陰濃。東閣引杯看寶劍，西園聯袂控花驄。兒女亦英雄。

江南憶，最憶餞春筵。三月渡頭花似霧，一杯婪尾酒如泉。小别也留連。

江南憶，最憶碧城招。詠絮君應稱謝女，買絲儂欲繡班昭。謂小韞。墨會記靈霄。

江南憶，最憶試歸帆。錦字香初盈素袖，酒痕紅未減輕衫。能不憶江南。

金縷曲（四首）

小韞世嫂自失所天後，音問久闊，填此寄懷，即題其《自然好學齋詩集》

一唱傷心曲。古今來、才原妨命，慧難修福。見説玉樓詞賦手，偶向軟紅託足。回首處、山丘華屋。目斷湘江雲萬疊，淚斑斑、不到千竿竹。歌楚些，放聲哭。小雲世兄殁於楚中。秦嘉逝矣悲徐淑。不如他、尋常燕子，雙飛雙宿。自是文章知己感，豈爲天寒幽獨。願長茂、女貞花木。留得大家椽筆在，輯仙郎、遺稿聯吟軸。彤管史，更須續。

别久渾如夢。望江南、平安竹報，經年未捧。問訊故人無恙否，莫更愁煎病擁。漸獵獵、西風吹動。兩字加餐傳尺素，怕薄寒、還向羅衣中。須爲我，好珍重。本來高格疏梅共。認前身、冰心雪貌，瑶池仙種。冬日松筠清見操，春草庭闈代奉。待秋晚、黄花香送。菊有芳兮蘭有秀，況丹山、十里桐先種。聲激發，聽雛鳳。

雙槳横塘打。記當年、金釵問字，絳紗帷下。鶴市春深桃李放，親見一門風雅。斗室裏、園香不炧。娓娓清談霏玉屑，儘叢殘、史事從頭話。聽未倦，忍輕捨。離懷無奈歸帆挂。最關心、一聲珍重，掉頭行也。投贈詩篇珍似璧，十幅衍波長把。有顆顆、珠光照夜。入夢故人明我憶，屋梁間、落月秋如畫。情一往，易牽惹。

最喜窺全豹。快傳來、瑶篇雕就，香梨繡棗。夫子文章驚海内，家學源流浩渺。豈宋憲、班昭同調。只覺天風環佩響，雜仙心、詩意超雲表。脂粉習，一齊掃。扶輪大雅開聲教。費工夫、玉臺新選，品題都到。家國滄桑花月感，一例閒憑閒弔。詩筆與、史才俱妙。小韞有明詩三十家選，各繫以詩。盥罷薔薇窗下讀，瓣香拈、敬爲南豐禱。名媛集，似君少。

水調歌頭

題高飲江茂才《讀未完書齋圖》

恨不十年讀，空牕百城開。男兒意氣如是，動足即天涯。浪説籤排甲乙，安得經陳庚子，瑩雪冷荒齋。但識斷虀處，千古築書臺。或登臨，或嘯詠，亦佳哉。蠹魚食字，常笑未必盡仙才。且撰等身著述，更帶隨身圖史，莫爲此身哀。太白匡山下，頭白可歸來。

浣溪沙

一卷離騷一卷經。十年心事十年燈。芭蕉葉上幾秋聲。　欲哭不成還强笑，諱愁無奈學忘情。誤人猶是説聰明。

念奴嬌

題魏母吴太恭人《桂庭行樂圖》遺照

衆香國裏，護慈雲、一朵靈根長結。微笑拈花參佛旨，不著滿身黄雪。至性關人，弱齡盡孝，名與曹娥列。割肌誰見，羅襟記涴餘血。太恭人曾封臂療母。　最羡捧檄承歡，循陔善養，采采蘭羞潔。封鮓寄書賢母教，能勵仲先清節。錦誥銜來，板輿奉去，此地曾經别。春暉逝矣，桂庭愁對秋月。

【校記】

「寄書」，《華簾詞鈔》作「共傳」。「仲先」，《華簾詞鈔》作「士行」。

鬢雲鬆令

漏沈沈，香裊裊。燭影移花，簾幕風來小。試拍紅牙歌水調。尺半霜筠，吹得霜天老。　醉顔酡，開口笑。絲竹中年，已覺輸年少。此境等閒看過了。往後追思，又説而今好。

【校記】

「簾幕」，《華簾詞鈔》作「簾幔」。「霜天老」，《華簾詞鈔》作「霜天曉」。

賣花聲

花落又花開。秋去春來。昔年天氣舊池臺。一樣夕陽芳草句，兩樣吟懷。　燕子莫相猜。庭院荒苔。筆牀茶竈欠安排。抛擲流光人不覺，減了清才。

柳梢青

花朝夜

簾卷香銷。輕寒側側，良夜迢迢。春到春分，月圓月半，花發花朝。　年年此夕春饒。花月下，金樽酒澆。邀月長空，祝花生日，且盡今宵。

滿江紅

洪忠宣公祠和俞少卿世兄作

北去孤臣，在漢代、蘇卿之列。傷心處、桃梨誰獻，薪芻自掇。一寸丹忱傳密奏，千秋青史垂清節。恨南歸、不奉兩宫還，肝腸裂。　十五載，燕山雪。三十里，西湖月。復中原反掌，金甌誤缺。故國已消天水碧，靈祠猶薦寒泉洌。半間堂、蟋蟀幾秋風，無人謁。

洞仙歌

新月

初三下九，略無些分別。一樣纖纖兩頭月。怕佳人誤拜，未到更闌，最好是，剛近點燈時節。　問天緣底事，喜動嫦娥，黃氣新添上眉葉。何處覓瓊樓，瓦縫參差，隱隱露、廣寒宫闕。聽不盡、連宵唱彎彎，恐盼到圓期，又將愁缺。

【校記】

「剛近」，《華簾詞鈔》作「將近」。「恐盼到」二句，《華簾詞鈔》作「算盼到圓期，指難勝屈」。

蝶戀花

愁散如雲天不管。分付眉山，兩點休輕展。一寸蕉心重疊卷。任吹多少東風軟。　手把羅衣窗下換。花影篩來，葉葉枝枝滿。小鴨薰香香自暖。日長春盡閒庭院。

摸魚兒

題魏雨人明經滁山吟館圖册

似擎來、一峰天柱，青山九鎖迴抱。吟窩許傍仙巖結，茶竈卻鄰丹竈。看不了。正福地琅嬛，萬軸圖書飽。探奇定到。訪玉室金堂，翠鮫白鼠，擊節賞坡老。　長歌處，何必驚人謝朓。新詩句句皆好。思陵輦路苔花碧，別有滄桑憑弔。歸太早。算如此、軒窗合坐先生嘯。泥鴻印爪。想粉絹留題，苔箋盈幅，讀畫當詩稿。

【校記】

「泥鴻印爪」，《華簾詞鈔》作「雪泥鴻爪」。

南樓令

題《秋燈課讀圖》

秋色幾叢花。秋燈一幕紗。有庭階、玉樹蘭芽。課到等身書卷熟，又窗外，月鈎斜。　詠絮本名家。瞻雲合拜他。記丸熊、畫荻非誇。後日瀧岡阡表裏，愁令德，掩才華。

【校記】

按，自此首以下十七闋，《華簾詞鈔》未見載。

鵲橋仙

湖上聞子規

春深夏淺，緑肥紅瘦，枝上微聞杜宇。曉晴我正看山來，翻勸我、不如歸去。

一湖蘸碧，兩峰撲翠，忽憶年時小住。每逢四月踏青遊，也難怪、啼鵑聲絮。

疏影

緑陰二首和魏雨人明經作

疏檐不礙。漸愔愔一碧，圍住窗外。料得高樓，簪鬟香消，凝妝好鬬眉黛。韶華小劫滄桑感，巧變换、緑天花海。唤起他、蝶夢惺忪，來認清涼仙界。　回首春三二月，飛英薦酒後，佳會難再。如水空庭，選石眠琴，只有斜陽紅隘。芭蕉葉嫩薔薇老，隨意任、東皇分派。甚惱人、梅子黄時，聽雨聽風無賴。

帷天席地。儘柳遮畫閣，苔襯香砌。接葉成陰，似水如雲，簾波一色無際。涼生滿院琴書潤，暈遍了、綺窗烏几。但著將、淺碧羅衫，隱約曲闌干裏。　長記鶯啼草長，江南兩岸樹，翠合篷底。唱老紅情，緑意初翻，試把玉箏重理。嘗梅鬬茗燒新筍，又遠勝、花時風味。笑杏梁、燕燕飛來，還問好春歸未。

壺中天

題某宿衛《蓮塘銷夏》行看子

明光長侍，自生來、瑣骨仙乎非俗。面面風涼亭壓水，人意澹如秋菊。萬柄荷香，千竿竹秀，半畝桐陰緑。將軍何好，牀頭書卷連屋。　抛卻天上樓臺，名園小住，此境娱休沐。緩帶輕裘羊叔子，换了冰紗雪縠。白羽頻揮，紅塵不到，花氣薰僮僕。石闌點筆，倩誰描就横幅。

壽樓春

垂湘簾黄昏。映疏花琴瑟，涼月紛紛。漸覺輕羅稱體，薄寒中人。誰似我、雙蛾顰。有素娥、涓涓啼痕。況墨會靈霄，瑶清仙侶，聚散半如雲。　春歸去，秋平分。感華年逝水，影事前塵。空自偷聲減字，斷腸迴文。扶病骨，招詩魂。懺舊愁、愁還翻新。但閒了琴牀，金爐博山香不温。

【校記】

《國朝詞綜補》續編卷十三收録。

洞仙歌

舊時月色，照舊時窗户。懶覓窗前舊笙譜。任春長春短，花落花開，從未見，去去流光重度。無端新夢覺，記得分明，夢裏華年竟如故。一樣好涼秋，一樣傷心，又一樣、雲和不鼓。何必要、還丹駐紅顔，但蝴蝶飛飛，總忘遲暮。

祝英臺近

題魏雨人明經《花灘漁唱詞》

水西樓，城北路。漁唱起煙浦。樓外青山，山外夕陽補。樓前幾扇疏篷，一枝横竹，又翻出、蕡洲新譜。　　月華吐。此境絶少人知，除非問鷗鷺。鬲指聲清，圓沙夢難作（去）。分明鏤雪團香，搓酥滴粉，便貰酒、旗亭應賭。

【校記】

「鷗鷺」，小檀欒室本作「漚鷺」。

浪淘沙

久不得吴中信，月夜有懷

簾外一重窗。窗外迴廊。斷無人處斷人腸。閒殺玉階明月夜，分外凄涼。　　舊夢冷池塘。秋草都黄。芙蓉庭院又經霜。潮落潮生芳信阻，水遠山長。

金縷曲

題魏春松侍御《曉窗讀書圖》

八九間茅屋。拓軒窗、曉清清地，數峰凝緑。唱罷花冠燈未殺，料理牙籤玉軸。三萬卷、鄴侯都熟。誰寫草堂新畫本，有鷗波、小印鵝溪幅。圖爲淑儷秦硯雲夫人作。一分水，二分竹。　蘭臺共説秋霜肅。話甘棠、蒼生又仰，春風和燠。錦袋緋魚抛擲久，三徑未荒松菊。諒心與、白雲相逐。傳世文章公莫秘，讀書臺、例向匡山築。千載下，想高躅。

柳梢青

題《無人院落圖》

不索燒茶。一重簾卷，幾摺闌遮。楊柳樓臺，桃花世界，燕子人家。　東風幅幅窗紗。望翠袖、非耶是耶。鸚䳇前頭，秋千背面，没處尋他。

洞仙歌

題趙秋舲《香銷酒醒詞集》

花窗細讀，十年前名句。一瓣香曾爲君炷。甚空空妙手，繡出鴛鴦，誰信道，肯把金針度與。才華清似水，脱口輕圓，北宋南唐最佳處。酒醒又今宵，拍遍紅牙，儘高唱、大江東去。笑一顆、驪珠幾人探，但白石梅溪，紛紛儂汝。

暗香

闌天竹花和俞少卿世兄作

是花是竹。有葉分个字，香含皴玉。種傍粉垣，小樣娟娟數叢緑。空谷佳人自倚，籠翠袖、肌膚生粟。料不爲、去去春光，芳意碎如蹙。梅熟。雨又足。似未坼柳綿,那怕風逐。曉禽亂撲。紅豆相思幾時啄。長記瑶瓶供養,傷歲暮、寒盟難續。試看取、開遍也,一枝怨獨。

疏影

秋海棠葉,同前

東風點筆。似描來倩影,剛暈濃碧。大葉煙疏,小朵香遲,臙脂未染顔色。紅妝面面何曾見,錯認作、翠鈿抛擲。一兩叢、移近南墻,好待卷簾人立。　花事前番過也,鞦韆坼遍了,撩鬟無力。不借春陰,不到秋陰,閒殺緑章詩客。斷腸欲寄迴文錦,奈幾縷、朱絲難織。最可憐、低覆涼階,怕照半痕斜日。

虞美人

一杯婪尾香邊酒。花事無何有。今年忘了送春詞。春短春長難道没人知。

夕陽依舊銷魂色。紅對池塘碧。緑陰移上小闌干。不是傷心不會卷簾看。

【校記】

《國朝詞綜續編》卷二十四收録。

西江月

題《種紙學書圖》　題葉新詩

硾碧偏多樣子，砑紅也費工夫。何如鵶嘴劚金鋤。種出涼蕉萬樹。遍寫，擘窠大字横書。雲煙揮灑日無虚。倦聽緑天風雨。

雪獅兒

詠猫

買魚穿柳，將鹹裹箬，聘來無價。錦帶雲圖，共戲緑紗帷下。鸚哥教打。但説著、名兒先怕。初浴過、翠生桃葉，香濃冰麝。　飽卧薔薇花榭。漸雙睛、圓到夕陽紅亞。小樣痴肥，響踏樓頭鴛瓦。銜蟬記畫。笑我獨、霜毫慵把。新吟罷。似補海棠詩話。夢蕉家兄嘗屬題《壽猫圖》，不應，戲以子美海棠爲喻。

【校記】

「鹹」，小檀欒室本作「鹽」。

江城梅花引

題《西湖采芡圖》

西湖湖水碧羅羅。采蓮歌。采菱歌。采到蓴絲，記得泛煙波。説著雞頭儂未省，只認取，有田田、葉許多。　許多。許多。似圓荷。翠幾科。香一渦。采也采也，采不盡、斜日紅矬。兩兩瓜皮，艇子往來過。論斗明珠堪細剥，誰信道，是銷金、一寸鍋。

香南雪北詞

自記

余自道光己丑歲訂所作《花簾詞》，陳頤道先生暨趙秋舲、魏滋伯兩君序而刊之，聊以自怡，非敢問世。丁酉移家南湖，古城野水，地多梅花，取梵夾語顏其室，曰「香南雪北廬」。樊榭老人昔嘗卜宅于此，文采風流今尚存，不獨王孫桂隱遺跡未湮也。十年來，憂患餘生，人事有不可言者，引商刻羽，吟事遂廢，此後恐不更作。因檢叢殘賸稿，恕而存焉。即以居室之名名之。自今以往，掃除文字，潛心奉道。香山南，雪山北，皈依净土。幾生修得到梅花乎？甲辰春陬蘋香自記。

點絳唇

庭院秋清，木樨開謝人幽獨。餘花簌簌。把卷花前讀。　淺碧羅衫，稱體新妝束。西風撲。一肩香玉。皺起黄金粟。

高陽臺

林秋園表兄《二十四橋醉月圖》

金碧山川，煙花世界，輕帆葉葉揚州。明月三分，二分此夕當頭。春風上下雷塘路，看珠簾、十里齊鈎。好凝眸。鬢影眉痕，多少妝樓。　三生杜牧重來地，有酒杯長把，詩卷長留。紅板橋邊，涼螢飛過深秋。玉人何處吹簫去，賸邗江、一片清流。幾生修。我欲他年，騎鶴來遊。

【校記】

「他年」，小檀欒室本作「它年」。

酷相思

一樣黄昏深院宇。一樣有、箋愁句。又一樣、秋燈和夢煮。昨夜也、瀟瀟雨。今夜也、瀟瀟雨。　滴到天明還不住。只少種、芭蕉樹。問幾個、涼蛩階下語。窗外也、聲聲絮。牆外也、聲聲絮。

沁園春

噎

忽注横波，漸透華池，靈犀暗通。似香參禪味，雨花飛白；真傳仙笈，日影移紅。呼吸難調，曹騰欲醉，幾點荷珠瀉碧筒。嬌喉錯，把九天咳唾，粉碎虚空。　無端愁上眉峰。算寂寞何人念玉容。縱未輕一笑,也能噴飯;自從多病,更怕傷風。咒並鴉娘,占同蟢子,慎莫偷窺隔綺櫳。誰曾見,只誤疑清吷,聲出瑶宫。

前調

息

鼻觀香通,息息停勻,如蘭氣和。問秋千扶下,喘絲定否;房櫳病起,脈候如何。細畫長蛾,近窺明鏡,似月籠雲不待呵。茶温未,鎮擎甌無語,乳面生波。　樽前已覺顔酡。偏酒力難勝笑語多。比深宫晝漏,六時頻驗;華胥仙夢,一曲能歌。半晌誰調,幾回欲屏,花底迷藏慣避他。黄昏後,聽聲聲只在,斗帳紅羅。

醉翁操

斜廊。深房。閒窗。剪金釭。昏黄。微風暗吹羅衣裳。木樨天氣花香。蓮漏涼。

二十五聲長。薄酒醒，可憐晚妝。　昔年聽雨，秋爲愁鄉。昔年對月，簫譜新腔舊腔。怨雨聲兮牀牀。感月華兮茫茫。今經十度霜。挑燈重思量。小令斷人腸。素箋澹墨三兩行。

【校記】

「今經」，《林下雅音集》同；小檀欒室本作「今年」。

滿江紅

叢桂遲開，又掃盡、滿庭黄雪。羅衾卷、好秋難卧，涼宵翻熱。把酒欲拚長夜飲，題糕又負重陽節。下晶簾、不許月窺人，人窺月。　霜未飽，枝頭葉。香正暖，花間蝶。記舊遊如夢，夢中還説。春去横塘人事改，菱荒茂苑歌聲歇。一年年、惟有寸心遥，雲山疊。

洞仙歌

湯母楊太淑人《吟釵圖》

紅閨賦茗，是十三十四。小樣魚鱗拜親賜。配温家玉鏡，一股瓏璁，花燭下，曾記上頭新試。　傷心鸞影隻，東閣官梅，折脚猶聞課兒字。蓬鬢又秋霜，卻月梁除，忽追話、髫年舊事。肯留證、他時墜釵洲，先化燕飛回，觸人吟思。

摸魚子

陳雲伯先生《桃花漁隱圖》

自先生、題襟漢上，湖山風月誰主。緑蓑畫出元真子，料理釣筒茶具。千萬樹。問流水、桃花春色來何處。武陵伴侶。有舊夢盟鷗，比鄰放鴨，值得故鄉住。　全家隱，休認漁兒漁女。神仙眷屬團聚。海懷不盡添霞想，高唱入雲詩句。君看取。看一碧彎環，漸到天台去。胡麻飯煮。著兩兩蛾眉，翛翛鸞尾，洞口掃紅雨。

探春

落燈後四日夢蕉兄招同西溪探梅

料峭風痕，微茫雪意，嫩晴天氣春曙。水曲環花，舟輕泛葉，棹入空明深處。枝北枝南路。一半與、秋蘆分住。敧斜澹墨吴箋，冷香吟上詩句。回首鈿車曾駐。記寒碧西湖，壓波千樹。皺玉肌膚，夢雲身世，偷眼翠禽無語。横竹吹來未，怕仙佩、縞衣飛去。待過芳期，緑陰愁聽疏雨。

醉太平

舟中口占

東風太狂。梅花正香。遠山青似眉長。勝儂家曉妝。紅罏酒鐺。烏篷水窗。

是誰消領春光。兩三人野航。

浪淘沙

垂柳緑毵毵。雨洗煙含。滿天飛絮落花攙。記得畫船曾載酒，簫鼓江南。　睡折碧雲簪。怯試單衫。一春辛苦似紅蠶。三起三眠三月病，病過重三。

【校記】

「三眠」，《國朝詞綜續編》卷二十四同；小檀欒室本作「三瞑」。按，瞑，通眠。

水調歌頭

俞少卿屬題《銜杯課子圖》

載酒問奇字，千古想經師。别開生面，何許名父與佳兒。嬌小豈圖梨栗，老大偏親麴櫱，應怪阿翁痴。春勝索揮灑，秋水好丰姿。　鯉方趨，鶯乍囀，鶴能知。鳳毛新長，桐樹花發萬千枝。丁字笑他不識，朋字笑他不正，夙慧已如斯。但得神仙食，莫作蠹魚嗤。

平韻滿江紅

悼猫

繞膝聲疏，賸雪片、魚傾翠籃。無復伴、書牀鏡檻，砌左窗南。似入醉鄉呼不醒，本來佛土想非凡。上乘禪、悟到死猫頭，應細參。　花影暮，香已酣。泡影滅，水空涵。嘆物猶如此，人亦何堪。白鳳曾傳春九九，紅羊又到劫三三。猫死於三月二十三日。向圖中、省識舊東風，新署銜。余家昔有《壽猫圖》，二九謂其年數，此猫亦十餘載矣。

賣花聲

漸漸綠成帷。青子纍纍。廿番風信不停吹。病是愁根愁是葉，葉是雙眉。　無藥補清羸。悶倚紅蕤。碧紗窗外又斜暉。明日落花香滿徑，一道春歸。

臺城路

湯雨生將軍、董雙湖夫人合寫《畫梅樓雙照》

一家終日樓中住,千株萬株花繞。借月傳神,團香入指,點筆嫩寒春曉。鷗波夢悄。正寫出雙身,索來雙笑。如水瑶臺,問君修得幾生到。和雲低覆紙帳,看牀頭卷軸,深護多少。玉茗清才,縞衣仙侣,蛾緑兩彎剛掃。重商畫稿。記東閣吟餘,西湖吹老。解事雛鬟,并棲憐翠鳥。

疏影

雙湖夫人善鼓琴,工詩畫,性愛梅。自毘陵隨宦來杭,以《梅窗琴趣圖》屬題云:昔居塞北無梅,追憶故園春色而作。即用白石老仙韻譜之

伊人似玉。記黄昏小院,曾伴花宿。不斷生香,寫入冰絲,高樓漫倚横竹。無端拋

卻家山去，只夢繞、江南江北。有故園、仙鶴飛來，說與藐姑愁獨。　難忘清寒喚起，一枝素手折，簪上鬢綠。薄薄銖衣，短短琴牀，冷畫兩三間屋。霜笳吹到鄉心切，又譜出、相思新曲。總負他、淡月疏窗，印滿碧羅十(平)幅。

水調歌頭

又題《琴隱圖》

大隱在朝市，小隱在林泉。雲臺多少名將，肯羨釣臺閒。圖畫一丘一壑，伴侶一笻一笠，一劍倚青天。共識好才子，自署作麤官。詩印有此二字。　謫文星，傳草聖，證詩禪。放衙無事，花下時藉綠陰眠。或鼓霜宵鐵馬，或跨長川赤鯉，眷屬盡神仙。比似趙清獻，寄興七條絃。

念奴嬌

又題《十二古琴書屋填詞圖》

營開細柳，墮飛飛、絮影吹來詞卷。硯漬梨花春雨過，好個緑陰庭院。面面屏風，垂垂簾子，曲曲闌干轉。桐枝排比，小鬟一例痴算。見説新唱鐃歌，重尋笙譜，虎帳談兵倦。蘭畹金荃儂未讀，輪與奚囊香滿。佇月無聲，裁雲入手，琴趣愔愔遠。玉梅窗下，有人同握湘管。

掃花遊

鏡泉羅君兩過天台，不獲一覽其勝，作《瓊臺夢月圖》，自譜《掃花遊》詞，索余題和

石梁到否，記倦旅天涯，素襟塵涴。勝遊未果。便滄洲四壁，少文空卧。夢入瓊臺，不辨芙蓉萬朵。曉風大。怕碧海夜寒，明月吹墮。瑶佩聲瑣瑣。定誤認王喬，

玉笙教和。好春又左。算桃花洞口，幾番紅過。一箸胡麻，一道溪流翠鎖。似真箇。化仙衣、蝶飛雲破。

蘇幕遮

曲欄干，深院宇。依舊春來，依舊春來去。一片殘紅無著處。緑遍天涯，緑遍天涯樹。柳花飛，萍葉聚。梅子黄時，梅子黄時雨。小令翻香詞太絮。句句愁人，句句愁人句。

【校記】

《國朝詞綜續編》卷二十四收録。「萍葉」，小檀欒室本作「蘋葉」。

戀繡衾

題畫扇寫悶，尋鸜鵒説無聊詩意

東風楊柳花外拖。好池臺、斜照未銼。悄不見、驚鴻影，是誰來、調弄翠哥。

玉籠小啄雙紅豆，問相思、心内幾多。隴山遠、蓬山隔，説無聊、都换奈何。

高陽臺

《秋月琴心》畫箑

碧按冰絲，紅抛石薦，花間膝上琴横。無限秋懷，罏香心事分明。月娥有約消停坐，便消停、坐到三更。最娉婷。嬌太憨生。瘦可憐卿。　青天靈藥愁多少，比風前緑綺，一樣瑶情。除卻涼蟾，夜深彈與誰聽。本來隔斷銀河水，莫猜他、丫髻吹笙。問芳名。想是飛瓊。不是雙成。

邁陂塘

徐星谿都督《春波洗硯圖》

挽銀河、甲兵浄洗，黄金印大如斗。圖開筆陣龍蛇舞，一片紫雲新剖。磨盾手。看運腕風生，著紙光穿透。芳塘半畝。誤鴨鴨呼羣，魚魚避影，鸜鴿眼雙溜。臨池坐，出水芙蓉吐秀。紅絲漾得春皺。郊原野色連天碧，不耐玉驄馳驟。曾畫否。合寫個、淩波微步淬妃瘦。承平歲久。喜横槊詩歌，輕裘風度，草聖妙無耦。

【校記】

「淬妃」，各本皆同。按，亦作「淬妃」，硯神。

喝火令

輓采石夫人，即題曾笑厓參軍《讀畫圖》

北苑南宫筆，牽蘿補屋人。鴛鴦湖上水粼粼。圓到鷗波小夢，一霎夢如塵。腸斷方回句，神傷奉倩身。璇閨曾記共芳樽。只有藤花，只有越谿春。只有吉光片羽，供養作煙雲。夫人曾爲余繪《苧村煙雨》箑子，并以藤花尺幅見貽。

清平樂

已涼庭院。叢桂天香滿。幾箇黄昏閒坐慣。疏了花箋竹管。　玉階依舊蛩鳴。緑窗依舊儂聽。又是一宵風雨,不知多少秋燈。

水調歌頭

風雨慳晴,詞以撥悶

十日九風雨,一日是層陰。春秋絶少佳日,無地可登臨。不見西來秋色,但誦南華秋水,愁坐怨秋霖。屈指幾明月,凝想到如今。　樹蕭蕭,泥滑滑,院沈沈。緑蓑青笠,江上漁父也難禁。挑盡幢幢燈影,聽遍牀牀屋漏,餘潤逼羅衾。潑墨襄陽畫,催我短長吟。

鵲橋仙

張松谿《花影吹笙圖》

涼煙滿徑，碎香滿院，誰把玉鞾笙理。仙人我識董雙成，怪不是、那回丫髻。前身子晉，今生子野，雲破月來花底。緱山只隔一銀河，怕兩袖、天風吹起。

洞仙歌

陳二山《空房對月圖》

年時繡户，記清輝雙照。香霧濛濛翠鬟繞。賸縷金裙在，無計留仙，仙去久，夜夜佩環聲杳。繐幃銀燭冷，如水涼秋，長簟空牀夢多少。眉樣又初三，印入妝樓，總悵觸、畫眉京兆。便月不長圓也能圓，算第一傷心，有情天老。

金縷曲

徐問蘧《六橋草堂圖》

堂在西湖葛嶺麓，乃徐君十世祖别業，今搜剔得之，將闢新居於孤山歲寒巖，仍襲六橋之名，爲填此解。

一角青山側。是何年、仙人樓閣，歲寒巖，南宋時建西太乙宫。幽人泉石。見説鸞驂飛去久，高隱又成遺跡。閒卻了、半湖春色。斷碣殘陽迷故址，短長條、楊柳煙如織。誰問到，幾時碧。　清門雅望今猶昔。拓軒窗、西泠橋畔，招來遊屐。日日置身圖畫裏，不放酒樽吟筆。看翠挹、峰南峰北。笑指梅花林處士，喜舊時、明月君能識。試吹起，一枝笛。

南鄉子

孫媚卿夫人《停琴佇月圖》

三尺素琴橫。香暗羅衣曲未成。彈到梅花無月色，消停。坐待涼蟾一暈生。
庭院漸分明。幾葉芭蕉緑上屏。格調近來心自許，高清。不是嫦娥不要聽。

洞仙歌

二月初九日，偕蘅香大姊、茝香二姊、夢蕉三兄超山探梅，寒葩未坼，遊屐不喧，風雨篷窗，悶人殊甚，賦此解嘲

圖開九九，尚清寒如許。有約扁舟探梅去。甚翠禽無影，紅萼無言，尋不出，雪後疏香半樹。
祠山生日過，愁水愁風，卧聽瀟瀟打篷雨。只少緑蓑衣，玉笛橫吹，似一隊、漁兒漁女。便笑索、花枝訂重遊，已遲了春來，詠花新句。

前調

二十六日再過超山，梅花盛開，復拈前調寫之

蘭舟催發，趁嫩寒清曉。碧水彎環路多少。有香南雪北，三兩人家，閒指點，認得那回曾到。　空山雲漸暖，縞袂相逢，伴我微吟似微笑。辛苦探芳時，緑屧弓弓，春泥沁、襪羅纖小。看不足、橫斜萬千枝，早一角僧樓，夕陽紅了。

高陽臺

清明泛湖用玉田韻

漲緑平堤，勻紅綴樹，東風吹上湖船。見説芳期，峭寒不似今年。玉梅隨意閒開落，便春遲、春早誰憐。正嫣然。桃艷朝霞，柳暈朝煙。　嫩晴初蠟遊人屐，趁清明時節，金碧山川。第一樓頭，還勝第二橋邊。繁絃脆管西陵路，夕陽中、驚起鷗眠。卷

珠簾。暮雨歸來，滿耳啼鵑。

前調

皐亭山看桃花

閣雨雲疏，弄晴風小，薄寒惻惻如秋。有約湔裙，紅羅先繡蓮鈎。酒鎗茶具安排慣，倩移來、三板輕舟。莫因循，歲歲芳時，日日清遊。　水鄉曲折疑無路，又花隨柁尾，轉箇灣頭。謝了緋桃，二分春色全休。短篷移入香深處，載新詩、不載閒愁。好溪山，除卻西湖，一半勾留。

祝英臺近

春杪遊花塢

小橋横，幽徑曲。千畝渭濱竹。翦翠衫兒，一色暈濃緑。分明花裏迷藏，彎環難覓，又何處、白雲茅屋。　快心目。自覺熱惱銷除，塵襟澹如菊。碧澗泉多，僧房報茶熟。幾時攜榼來遊，山廚清供，先看取、筍香新斸。

西江月

周氏《秋水堂圖》

一樣涼秋風景，百年喬木人家。圖書東晉客南華。盡日西窗高挂。　多了柳塘竹屋，少些荷葉菱花。白鷗三兩起圓沙。聽慣水天閒話。

清平樂

許雲林夫人畫秋花紈扇，爲其妹仲絢夫人作

羅紈似月。不斷生香拂。冷翠一叢紅一捻。試撲一雙蝴蝶。　疏疏幾筆秋花。玉人纖指涼些。怕寫春風姊妹，雁行愁隔天涯。

賣花聲

《花嶼讀書圖》，鮑玉士妹爲人索題

空翠撲山窗。紅亞書牀。春來把卷日初長。不比涼秋疏樹下，容易斜陽。　清響聽琅琅。齒頰生香。落花水面亦文章。只有黄鸝嫌太熟，鼓吹詩腸。

臺城路

南湖徐氏水樓，厲樊榭徵君故居，後爲名流觴詠之地，以樊榭自號華隱，故顔之曰華隱樓，宋丈芝山繪圖，戴金溪、李西齋、倪米樓諸老輩皆填詞，近爲振綺堂汪氏所得，徵題及余，即用圖中《臺城路》原調

南湖綠净無今古，年年夕陽紅濕。賣酒人家，試香池館，一樣簾波三尺。荒涼故跡。想曲曲闌干，玉纖曾拍。舊日妝臺，杏梁除是燕相識。袈裟初地又改，賸横枝

瘦影，吹透鄰笛。老去秋孃，後來詞史，畫裏依然裙屐。垂楊自碧。便啼殺春禽，不成春色。花月滄桑，水樓傳賦筆。

金縷曲

和吳仲雲太守自題《閒雲圖》之作

五色蓬萊路。似收將、乾坤清氣，淩雲詞賦。太史登臺書節物，曾記官階級數。圖畫裏、非煙非霧。茅屋半間容小隱，好林泉、幾朵飛來補。放一片，月華吐。　年時見説霓旌駐。望鄉關、迢迢親舍，正傷心處。萬箇修篁涼翠擁，絶勝千山紅樹。問舒卷、行藏誰主。卻趁天風眠更起，最高峰、商略爲霖雨。閒不得，又吹去。

臺城路

一重簾子涼波淺，新秋尚經闌暑。香獸金疏，酒螺翠減，盡日文窗關住。何曾聽雨。自過了黄梅，夕陽紅駐。玉井闌邊，不應忘卻候蛩語。羅紈誰待去手，暗蚊雙鬢繞，輕鬭飛絮。滅燭臨風，停琴佇月，坐暖惺松花樹。桃笙似煮。便薄薄紗帷，夢來無處。欲傍瓊樓，素娥愁未許。

邁陂塘

陸次山《蜀遊圖》

問誰歌、青天蜀道，書生筆健能寫。峨眉雪化岷江水，幅幅詩人圖畫。君看者。看翠劈雙峰，劍閣連雲挂。碧雞試馬。正紅友春招，緑章夜奏，莫任海棠謝。奚童背，古錦一囊又卸。浣花箋紙無價。杜陵茅屋秋風冷，三峽詞源長瀉。遊倦也。但聽雨巴山，翦燭西窗話。鵝溪絹把。算家近蓬萊，夢回關塞，且乞鏡湖假。

【校記】

「峨眉」，《林下雅音集》、小檀欒室本作「蛾眉」。

清平樂

竹垞遺印

曝書亭遠。千古留詩卷。一握銅香春不管。付與才人清玩。　迴環四角當中。分明骰子玲瓏。巧勝米家凍玉，印來面面泥紅。印六面鐫篆。

浣溪沙

周暖姝夫人修梅小影

修到今生并蒂蓮。前身明月十分圓。梅花如雪悟香禪。　姑射煉魂春似水，羅浮索笑夢非煙。王郎何福作逋仙。

踏莎行

《松風庭院》行看子

石補闌空，泉隨徑轉。幽棲好箇閒庭院。百年喬木晉人家，清風吹得紅塵斷。翠合無痕，涼生不暖。何須脱帽看詩卷。月明仙鶴又飛來，松花松子琴牀滿。

臺城路

西湖花隱詩畫册

麴塵波暖閒鷗夢，盟鷗又添佳士。柳浪平橋，梅陰小嶼，遊屐一雙初試。荷花桂子。漫涼入陂塘，月明山寺。半築雲窩，半鄰酒市半茶市。　誅茅曾記舊隱，自逋仙去後，何限芳思。畫裏偎香，吟邊飲緑，分列琴樽圖史。兒童笑指。笑蝴蝶飛來，墜紅黏翅。點染春濃，兩峰凝翠紫。

賣花聲

黄韻珊《帝女花》傳奇，譜長平公主事

法曲冷霓裳。重譜紅腔。修簫人愛月華涼。吹得秦臺仙夢暖，小鳳雛凰。　家國感滄桑。滿地斜陽。瑶天笙鶴散花忙。江管一枝春易著，不斷生香。

【校記】

「黄韻珊」，小檀欒室本、《林下雅音集》同，《國朝詞綜續編》卷二十四作「黄韻甫」。案，《國朝詞綜續編》編者黄燮清，字韻甫，号韻珊。

高陽臺

題《悲秋圖》

秋孃林氏，吴趨人，美而慧，幼爲宦家婢，既長，宦家子納爲妾。已而失寵，復遭大婦撻辱，父母挈之去，奔走天涯，流離失所。題詩岔河驛壁，首敘駢語，備述梗概。戊子冬，許金橋公車北上，夜宿驛中，捫壁讀之，歸而繪圖記事，蓋傷其才之不遇也。感填此解。

詠絮才高，量珠聘薄，春人冰透冬心。擁髻凄然，知他翠袖寒深。郵亭一夜閒燈火，諒迢迢、夢冷秋衾。不風流，羔酒誰家，斗帳銷金。　蓮胎縱把荷絲殺，奈橋霜店月，煮鶴燒琴。彩筆題殘，杜蘭香去難尋。更無鈴索將花護，怕天涯、緑葉成陰。儘生綃，供養雲煙，添寫愁吟。

南鄉子

王仲瞿孝廉繼室金雲門夫人墨梅畫卷

棐几墨花幽。翠袖天寒日暮愁。玉笛橫吹春不老，香修。修到深深選畫樓。仲瞿有選畫樓諸卷，皆夫人繪事。　彈指幾經秋。萼緑華來影尚留。見説青山工點染，羅浮。只少煙鬟在上頭。

臺城路

積雨初收，嫩晴未穩，皐亭桃花盛開，遊舫群集，午後偕蘅香、茝香買舟，由小港抵甘墩村。一路橋低岸曲，水復峰迴，穠李千株，花繁似雪，此中幽境，別有天地，非人間矣

曉鶯啼破紗窗夢，東風又催花舫。水傍花流，花圍水住，春水桃花新漲。蘭橈畫槳。有人影如雲，坐來天上。認得仙源，一襟芳思幻霞想。　清遊放舟最小，葦綃千萬樹，都在幽港。飲淥開樽，吹香試笛，不盡淺斟低唱。蘆芽漸長。看鴨鴨闌邊，白鷗三兩。落日柴門，老漁閒曬網。

【校記】

「蘆芽」，小檀欒室本同；《林下雅音集》作「蘆茅」。

戀繡衾

一春風雨難放晴。倩誰描、帖子丙丁。卷不起，簾衣重，蝶銷魂、花太瘦生。韶華百五無佳日，誤簫聲、深巷賣餳。西湖約，何時準，翠衫兒、疊皺四停。

臺城路

鈿車不到西泠路，今年任教花瘦。雨急跳珠，雲痴潑墨，愁水愁風時候。春餘夏首。看纔放些晴，緑陰濃透。買個蜻蛉，段家橋畔載詩酒。孤山山下坐久。見圓姿翠影，無數梅豆。蝶夢如塵，魚天似鏡，漸老藏鴉深柳。誰開笑口。有第一樓頭，碧窗紅袖。曲曲闌干，玉人垂素手。

【校記】

「濃透」，《林下雅音集》同，小檀欒室本作「濃逗」。

念奴嬌

湖上坐瓜皮船用石帚韻

瓜皮船小，泛明湖千頃，閒盟鷗侶。采采蓮塘歌尚早，荷葉青錢無數。艇子搖煙，浪花濺碧，似灑疏疏雨。鮫宮能到，冷吟高唱仙句。　依約水佩風裳，玉簫金管，羅襪淩波去。偶現全身圖畫裏，不是女兒秋浦。三尺篷拋，一枝槳活，只有天圍住。蘭舟何限，笑他都隔塵路。

臺城路

小滿後十日，重遊皋亭，花海緑天，時光又换，復拈前調，同趙丈篠珊暨秋舫作

緑陰濃到山深處，溪流半灣如瀉。步屧邀涼，移篷礙翠，青子垂垂高下。芳期過也。只桃葉桃根，萬枝齊亞。曲港橋頭，斷無人看楝花謝。　桑梯似聞笑語，正柔條

碎翦，蠶事將罷。碧椀初縣，金盤未薦，四月村居難畫。清遊俊雅。算相約重來，定須槐夏。煮酒絃詩，玉纖梅豆把。

【校記】

小序中「秋舫」，《林下雅音集》、小檀欒室本作「秋舲」。按，趙慶熺，字秋舲，仁和人。《花簾詞》序亦作「秋舲」。

戀繡衾

前題

半山山下水半塘。綠陰陰、梅子正黃。記前度，桃花舫，更無人、重到翠鄉。單衫小扇莓苔坐，恰清和、天氣正涼。莫頻唱，江南句，一聲聲、空自斷腸。

臺城路

四月杪秋舲招遊臯亭重賦

筆牀茶竈安排慣，重遊翠深深處。寺小埋雲，橋低壓水，惟有幽人來去。蠶房笑語。看抽雪成絲，繭香新煮。一兩三家，半藏農具半漁具。　清和天氣正好，夕陽紅澹薄，圓蓋千樹。曲渚撈蝦，迴塘放鴨，萬緑濛濛圍住。光陰未暑。怕梅子黄時，又愁風雨。載酒明年，碧桃花定許。

清平樂

《梅雪讀書圖》

天公玉戲。粉畫嫏嬛地。何必添香紅袖倚。香在萬梅花裏。　枝枝和雪空明。曉窗不點書燈。仙鶴飛來識字，翠禽驚起無聲。

十六字令

誰。尺八鈿簫花外吹。無人見，明月滿羅帷。

高陽臺

雲林姊屬題《湖月沁琴》小影

選石橫琴，摹山入畫，年年小住西泠。三弄冰絃，三潭涼月俱清。紅橋十二無人到，削芙蓉、兩朵峰青。不分明。水佩風裳，錯認湘靈。　成連海上知音少，但七條絲動，移我瑤情。录曲闌干，問誰素手同憑。幾時共結湖邊屋，待修簫、來和雙聲。且消停。一段秋懷，彈與儂聽。

一剪梅

七夕，雲林姊招同席怡珊夫人、茝香姊乞巧

雲幕初開挂月鈎。深閉妝樓。同倚針樓。羅衫團扇最風流。髻子平頭。鞋子叢頭。

見説銀河日夕浮。一日三秋。七夕千秋。畫屏圍坐笑牽牛。天上多愁。人世無愁。

虞美人

已涼天氣黄昏後。愁味濃於酒。緑莎蛩語未分明。第一秋聲先訴與儂聽。

房櫳寂寂燒銀燭。淺醉欹紅玉。桂花香裏露華多。不卷珠簾無那月明何。

洞仙歌

題《曇影夢痕圖》

雲林姊適孫氏，季女静蘭，生於二月十二日，爲外祖母梁楚生太夫人所鍾愛，跬步不離。年十二殤，後數夕，太夫人夢至一處，碧山玉洞，桃花萬株，女鴉髻翠衫，凝立若有所俟，急前攜手而覺。繪圖記夢，自題七絶二十首，屬填此解。

生逢花誕，祝花枝長好。一現曇花太嬌小。看雙鴉髻子，翦翠衫兒，圖畫裏、認得那回花貌。　外家妝閣伴，慧絶生憐，玉鏡臺、曾下温嶠。先一載，締姻中表儀徵阮氏子。繡到紫姑鞋，蚪箭丁丁，痛隔夜、蘭芽摧早。殁前一夕，手制紫姑鞋，漏三下始寢。趁不斷、天風夢痕圓，又回首仙山，碧桃紅了。

行香子

樓外殘霞。柳外棲鴉。透西風、落葉窗紗。都將秋思，吹在儂家。算幾宵蛩，幾分月，幾叢花。冷了紅牙。住了銅琶。一年年、減盡才華。翠尊銀燭，淺醉消他。縱夢無多，愁有數，病添些。

【校記】

「透西風」，《林下雅音集》同；小檀欒室本作「逗西風」。

南樓令

金宛釵夫人《聽秋圖》

人影下妝樓。簾聲上玉鈎。碧梧桐、庭院涼秋。竹外芭蕉三兩樹，縱不雨，也颼颼。明月又當頭。西風聽未休。問詞仙、曾幾生修。修到玲瓏心路活，無一點，古今愁。

虞美人

玉簪花

瑶池宴罷飛瓊醉。月冷瑶笄墜。冰姿翠葉可憐秋。恰好水晶簾下又梳頭。

石闌淡貯幽香滿。小摘疑敲斷。涼釵斜插鬢雲鬆。簪上花枝一樣玉玲瓏。

惜秋華

秋海棠

葉葉叢叢，自緑章奏罷，春嬌餘恨。不挂翠簾，涼階更無人問。鞦韆架底回思，記舊日、匆匆撩鬢。秋陰。護南墻怕染，斜陽金粉。　扶病睡難穩。甚檀心似醉，臉霞紅暈。幾個候蛩，知否斷腸芳訊。伶俜瘦蝶飛來，便夢冷、香疏重認。風緊。又燒殘、燭花一寸。

臺城路

秋蝶

一絲殘照西園路,飛飛漸忘春事。凍抱孤芳,輕團落葉,聊伴哀蟬身世。琉璃扇子。自撲過流螢,粉痕羞漬。瘦草荒煙,謝家庭院黯詩思。幽叢墜紅數朵,月斜風露冷,涼透雙翅。寶髻香疏,羅裙翠減,歌板不堪重試。秋心未死。問明日黄花,斷愁何似。學畫窗前,阿嬌寒素指。

【校記】

「聊伴」,《林下雅音集》、小檀欒室本同;《國朝詞綜續編》卷二十四作「柳畔」。

柳梢青

秋晚同人河渚看蘆花

一抹遥峰。蘆環秋雪，柏借春紅。北郭灣頭，西湖背面，來叩花宫。　水樓窗户玲瓏。問幾度、移將翠篷。人立斜陽，蟬嘶敗柳，鴨語西風。

金縷曲

石敦夫司馬《酒邊花外詞》，怡珊屬題

酒地花天内。别江南、宦遊人愛，詩囊童背。看遍鏡湖春漠漠，約略錢湖煙翠。問幾度、紅牙拍碎。殘月曉風圖畫裏，也難禁、司馬青衫淚。玉箏急，紫簫脆。　劉綱夫婦神仙配。百年緣、多生修到，雙雙福慧。消領淺斟低唱否，想被浮名輕累。羡風雅、一門相對。蘭畹清才傳誦久，聽黄河、遠上旗亭醉。波不斷，井華水。

【校記】

「波不斷」，小檀欒室本同，《林下雅音集》作「汲不斷」。

蝶戀花

題屠蒢園廣文《姊歸行》後

蒢園，會稽人，其先僑寓揚州，有二姊，長望舒，次靈香，均未嫁而逝，厝棺邗江。蒢園既成立，親爲扶歸營葬。感其教育之恩，作《姊歸行》誌痛。

記得兒時妝閣戲。邀月成三，都是飛瓊姊。騎鶴揚州仙去矣。珊珊環佩魂歸未。　砧斷女嬃悲屈子。寒食梨花，麥飯重來祭。宿草秋墳斜照裏。埋香埋玉埋愁地。

浪淘沙

冬日法華山歸途有感

一路看山歸。路轉山迴。薄陰閣雨黯斜暉。白了蘆花三兩處，獵獵風吹。

千古塚纍纍。何限殘碑。幾人埋骨幾人悲。雪點紅爐爐又冷，歷劫成灰。

踏莎行

臘月初旬湖上大雪

濕粉模糊，尖風料峭。忍寒去泛西泠棹。樓臺金碧忽迷藏，斷紅界出闌干小。

詠絮詩新，吹梅笛早。玉龍起舞長空繞。向來無恙是青山，如何一髮青山老。

【校記】

「模糊」，《林下雅音集》同，小檀欒室本作「模黏」。

水調歌頭

孫子勤《看劍引杯圖》，雲林姊屬題

長劍倚天外，白眼舉觴空。蓮花千朵出匣，珠滴小槽紅。澆盡層層塊壘，露盡森森芒角，雲夢蕩吾胸。春水變醽醁，秋水淬芙蓉。　飲如鯨，詩如虎，氣如虹。狂歌斫地，恨不移向酒泉封。百煉鋼難繞指，百甕香頻到口，百尺卧元龍。磊落平生志，破浪去乘風。

【校記】

「百煉鋼」，《林下雅音集》、小檀欒室本作「百煉剛」。

清平樂

《女士天香圖》

秋風金粟。花下人如玉。坐久滿庭香撲撲。開了水沈一握。　月痕都化涼波。

翠衫不暖雲羅。寫入小窗橫幅，累儂錯認嫦娥。

南鄉子

楚生太夫人招同怡珊、玉士集鑑止水齋，觀殘雪，雲林出示小詞，依調奉酬

翠失一房山。本色空明欲畫難。濕粉樓臺清似水，闌干。挂起珠簾面面寒。吹氣盡如蘭。添酒圍燈帶笑看。見説謝家工小令，香翻。柳絮因風句合删。

清平樂

花朝後一日，寓居湖上富春山館，小遂幽棲，如隔塵世，倚聲寄興，不自計其詞之工拙也

湖邊小住。不著閒鷗侶。開落玉梅花一樹。伴我冷吟幽句。今宵未泛煙波。月輪明日如何。過了圓期三五，只愁瘦卻嫦娥。

陌上花

風日清美，遊氛撲人，屏居不出，殊愜幽意

遊塵撲撲，東風吹碎，亂絲叢笛。小住西湖，怕見一湖春色。玉驄嘶過紅樓外，多少香車油壁。想凝妝繡閣，探芳起早，幾曾將息。　繞長堤是柳，相逢半面，青眼笑儂不識。除卻梅花，只有月輪知得。移家入畫神仙福，翻把畫中人隔。任窗兒，簾子重重遮斷，四圍空碧。

【校記】

「紅樓」，《林下雅音集》、小檀欒室本作「紅墻」。「笑儂」，《林下雅音集》、小檀欒室本同，《國朝詞綜續編》卷二十四作「愁儂」。

木蘭花慢

擬草窗

明湖千萬頃，正春曉，鏡奩張。看日脚煙浮，魚天漲碧，鷗夢迷香。横塘。鈿車繡幄，趁流蘇髻子鬱金裳。空翠遥分鬢影，亂紅低颭釵梁。垂楊。嫩緑迴黄。開燕翦，弄鶯簧。認第三橋外，花驄慣識，酒市深藏。匆忙。畫船去也，漸鐘催暝色入斜陽。銀鑰重關乍掩，半山皓月飛光。

【校記】

「橋外」，《林下雅音集》、小檀欒室本、《國朝詞綜續編》卷二十四同，《篋中詞》今集卷五作「橋畔」。

浪淘沙

徑曲石闌空。窗户玲瓏。試香池館費春工。吹落梅花殘照裏,撲面東風。　點屧響弓弓。懶去移篷。湖光只隔一墻紅。卻被青山濃笑我,枉作吴儂。

南鄉子

遲雲林不至,書來述病狀,賦此代柬

門外水粼粼。春色三分已二分。舊雨不來同聽雨,黄昏。剪燭西窗少箇人。　小病自温存。薄暮飛將一朵雲。若問湖山消領未,琴樽。不上蘭舟只待君。

浣溪沙

冰雪心腸句欲仙。此身只合老湖邊。水房春暗落梅天。　拾翠幾人拋鈿朵，添香獨自理琴絃。好懷漸不似當年。

【校記】

《國朝詞綜續編》卷二十四收録。

前調

一榻茶煙晝掩關。杏花消息燕鶯瞞。未忺梳掠嚲雲鬟。　翠袖自拈湘玉管，紅氈還坐暖金船。幾時月子唱彎彎。

鶯啼序

明湖鏡奩乍展，恰高翻翠漲。散微雨、遲日烘晴，畫鷁如坐天上。斷橋外、尋詩載酒，梅花落盡春無恙。甚逋翁，秋菊寒泉，水仙祠傍。　一帶長堤，細柳自碧，映嬌波淺漾。漫憑弔、蘇小墳頭，玉人何處門巷。夕陽中、飛來燕子，舊巢識、紅泥亭敞。綠裙腰，芳草年年，酒旗歌舫。　雙峰對影，半塔擎空，插雲似露掌。想像到、曉梳螺髻，鈿朵香疏，黛葉青描，阿儂能仿。蘭橈占岸，雕軿争路，南屏煙鎖鐘聲起，但芳洲、儘把眠鷗讓。重城悄隔黄昏，鳳鑰頻催淡月，鶴夢孤往。　三潭夜午，一色鎔銀，浸桂輪素浪。問幾曲、闌干誰拍，步襪生涼，冷照風鬟，暗添霞想。瓊樓未啓，珠宫深閉，圓期三五輕辜負，待良宵、須買扁舟放。吹笙緱嶺非遥，試鼓銅琴，四山送響。

虞美人

東風吹瘦梅花樹。先有啼鵑語。春波漲緑拍長空。堤畔行人如在水當中。

此生合作蘇門隱。坐嘯孤山應。月明亭外理琴絲。定似成連海上刺船時。

點絳唇

二月春寒，放船薄暮西泠去。垂楊縷縷。未是藏鶯處。　　撲面尖風，不許吴儂住。無情緒。讓他鷗侶。自作湖山主。

蝶戀花

葛嶺

石磴穿雲修竹繞。未到羅浮，只説西泠好。眷屬神仙春不老。玉龍呼起耕瑶草。　試向初陽臺上眺。日月跳丸，擾擾紅塵道。鶴夢千年迷翠窈。香泥何處尋丹竈。

【校記】

「石磴」，小檀欒室本同，《林下雅音集》作「石燈」。

卜算子

一幅小簾櫳，四面明窗格。屋裏鶯花門外山，忙了春風筆。　薄霧籠輕陰，細雨催寒食。獨上湖樓看六橋，楊柳無人碧。

生查子

閒中秀句多，静裏塵襟少。泉石助彈琴，清響琅然好。　　臨水卷書帷，隔竹支茶竈。幽緑一壺寒，添入詩人料。

【校記】

「彈琴」，《名媛詩話》卷六作「琴材」。

蝶戀花

快翦并刀風又急。不卷珠簾，重把羅衫疊。湖上樓臺春水拍。杏花何處人吹笛。　　萬樹垂楊和雨織。第一橋連，第六橋頭碧。有約踏青無好日。明朝況是逢寒食。

【校記】

《國朝詞綜續編》卷二十四收録。

滿江紅　西湖詠古十首

鳳凰山宋高宗

雪窖刀鐶，只説道、兩宫無恙。消領到、偏安世界，承平氣象。御教場中羅綺隊，鈞容部裏笙歌唱。鳳凰山、山色似蓬萊，開仙仗。　燈火院，煙波舫。桂子落，蓮花放。颺柳絲禁苑，翠華天上。尺五皂紗儂解戰，十三玉版君能仿。笑官家、不是帝王才，西湖長。

【校記】

「蓮花」，《林下雅音集》、小檀欒室本作「荷花」。

表忠觀錢武肅王

王氣錢塘，看一樣、飛龍舞鳳。保障得、仙州十四，蒼生歡頌。天府丹書京洛賜，名碑玉局行人誦。黯斜陽、無處覓荒丘，英雄冢。　銀釭冷，麻膏夢。金櫻薦，青絲籠。

嘆六陵掘遍，叢祠誰奉。風滿靈旗春柳裊，水沈犀弩秋濤湧。是耶非、還我舊山河，開南宋。

【校記】

「歡頌」，《林下雅音集》、小檀欒室本作「嘆頌」。

棲霞嶺岳武穆王

血戰中原，弔不盡、忠魂辛苦。紛紛見、旌旗北指，衣冠南渡。半壁鶯花天水碧，十圍松柏雲山古。最傷心、杯酒未能酬，黃龍府。　金牌急，無人阻。金甌缺，何人補。但銷金鍋裏，怕傳金鼓。墻角讀碑斜照冷，墓門鑄鐵春泥污。爇名香、歲歲拜靈祠，棲霞路。

翠微亭韓蘄王

膽落强金，黃天蕩、樓船飛繞。雨點様、打來征鼓，玉纖花貌。名并千秋思報國，獄成三字悲同調。幾何時、絕口不言兵，無人曉。　紅粉瘦，青山老。兒女話，英雄笑。看清涼居士，騎驢側帽。詩句翠微亭上夢，劍瘢春水湖邊照。把中興、事業負東風，閒憑弔。

【校記】

「强金」，《林下雅音集》同，小檀欒室作「彊金」。「負」，《林下雅音集》、小檀欒室本作「付」。

白公堤白香山

名宦來遊，是第一、西湖知己。平橋外、芳堤界斷，江流無際。桂子天香秋冷澹，繁絃脆管春排比。郡亭中、欹枕看潮頭，詩成未。　風華句，錢塘伎。煙波夢，蓬萊吏。坐孤山竹閣，緑楊陰裏。壓擔雲根雙石耳，戀人翠黛三年矣。賸酒痕、襟上説杭州，紅休洗。

蘇公堤蘇東坡

管領湖山，天付與、仙人玉局。能會到、傳神西子，嫣然眉目。終古高風懷吏隱，前身明月尋僧屋。遍長堤、楊柳屬蘇家，垂垂緑。　三兩處，軒窗拓。千萬首，詩篇足。記年時放鴿，絮花撲撲。雨濕翠翹雲舫女，涼生金縷瑶臺曲。試參寥、泉水碧無痕，茶香熟。

孤山林和靖

世外高風，隱君子、當年和靖。早占卻、湖天一角，水窗煙徑。殘雪斷橋寒著屐，夕陽孤嶼春迴艇。問幾生、修得到梅花，先生聘。　雲木下，鈎輈聽。圖畫裏，笙歌屏。甚泉香薦菊，可曾消領。石老苔荒仙鶴夢，横枝小朵詩人影。月明中、我欲抱琴來，青山應。

葛嶺葛稚川

句漏當年，早金鼎、丹砂九轉。無人識、人間仙令，人家仙眷。碧霧衣涼風蝶舞，紅蓮飯熟荷蜂幻。看初陽、臺上又斜陽，苔花滿。　占一角，湖山半。望兩朵，羅浮遠。笑曼都未醉，流霞注盌。古井照星雲母冷，靈泉浴日玻璃暖。想天壇、明月鶴歸來，吹鵝管。

【校記】

「碧霧」，小檀欒室本同，《林下雅音集》作「碧露」。

南屏濟顛

金粟前身，認得是、飛來峰石。又聽到、數聲茶板，南屏挂錫。千世界中開寶地，一袈裟裹籠山色。醉模糊、打破者迷團，東西壁。　斷尾後，螺還碧。焦尾後，魚還白。算放生湖水，主人功德。玉板新禪參筍疏，銀牀古井鄰香積。正斜陽、幾杵暮鐘敲，紅塵隔。

【校記】

「模糊」，《林下雅音集》同，小檀欒室作「模黏」。

西泠蘇小

蘇小錢塘，想當日、煙花世界。西泠下、美人黄土，一坏千載。垂柳樓臺歌舞歇，笑桃門巷滄桑改。葬秋墳、不斷雨和風，愁如海。　遥山抹，横眉黛。新蒲展，搖裙帶。結同心松柏，緑陰圓蓋。翠燭有光詩境冷，鈿車何處春魂待。可憐生、杯酒踏青澆，嬋娟拜。

蝶戀花

女史《柳陰垂釣圖》遺照

庭院深深芳草碧。小影淩波，唼絮魚兒識。春水池塘三兩尺。曉妝照見傾城色。

一縷釣絲風外直。飛去蜻蜓，白玉搔頭立。踠地垂楊無氣力。棠梨花發逢寒食。

虞美人

題《鋤月種梅詩畫卷》

月華滿地梨雲碎。自劚金鴉嘴。尋常一樣碧窗紗。從此玉臺夜夜詠梅花。

苔枝三尺和煙種。羅襪春泥凍。翠禽飛到不成眠。認得前身原是藐姑仙。

前調（二首）

夜來香，緑花尖瓣，或謂即海南緑茉莉，其説近是，有以緑花結爲鸚䳇，白花作架者，楚生太夫人持示屬題，爲填二解

碧叢叢綴鸚哥翅。合喚多花子。不將花鳥作雙身。海國仙人原是緑朝雲。
玲瓏玉作迴環架。解語還應罵。雪衣新換翠衣裳。記得唐宫曾伴荔枝香。

翠襟紅嘴清無熱。壓架霏霏雪。是花是鳥是迷藏。可是靈芸名字夜來香。
玉人小立前頭影。仿佛斜簪鬢。蘭燈初上夢何如。滿院月明涼浸碧紗幮。

十六字令

詠釧

圓。斲粟金多兩臂纏。交相看，似解九連環。

金縷曲

送秋舲入都謁選

羌笛誰家奏。問天涯、勞勞亭子，幾行秋柳。儂是江潭搖落樹，獵獵西風吹瘦。算往事、不堪回首。閲盡滄桑多少恨，古今人、有我傷心否。歌未發，淚沾袖。浮漚幻泡都參透。萬緣空、堅持半偈，懸崖撒手。小謫知君香案吏，又向軟紅塵走。衹合綰、銅章墨綬。指日雲泥分兩地，看河陽、滿縣花如繡。且快飲，一杯酒。

如夢令

橘瓤作腊名楊妃舌，湘佩即席賦詩，余亦拈小令以和

誰把洞庭風味。換作唐宫妃子。齒熱玉魚涼，妙舌粲花無比。香膩。香膩。還勝當年紅荔。

金縷曲

滋伯以五言古詩見贈，倚聲奉酬

一掬傷心淚。印啼痕、舊紅衫子，洗多紅退。唱斷夕陽芳草句，轉眼行雲流水。静夜向、金仙懺悔。卻怪火中蓮不死，上乘禪、悟到虚空碎。戒生定，定生慧。望秋蒲柳根同脆。再休題、女嬃有恨，靈均非醉。冠蓋京華看袞袞，知否才人憔悴。只滿紙、歌吟山鬼。五字長城詩格老，子言愁、我怕愁城壘。正明月，屋梁墜。

【校記】
魏謙升《翠浮閣詞二集》附録此首，題作「滋伯以古詩見投，凡四百言，讀之感喟，賦此奉答」。

摘得新

初夏，遣伻至滋伯園中摘蠶豆，滋伯媵以詞，遂和之

翠一畦。吴蠶作繭時。謝君分緑玉，寫烏絲。江鄉風味閒消領，讀新詞。

清平樂

銀梅小院。十二重簾卷。雪北香南春不遠。無奈詠花人倦。　滿城初試華燈。滿庭濕粉空明。雲母屏風月上，高寒如在瑤清。

【校記】
「不遠」，《林下雅音集》、小檀欒室本作「不斷」。

大江東去

金亞伯太常《大江泛月圖》

乘風萬里，看片帆、翦破大江秋色。天水蒼茫明月湧，約略槎浮今夕。瓜步潮平，海門露冷，兩點金焦白。玻璃世界，晚山難辨遥碧。我欲閒卻紅牙，換來鐵板，試與坡翁説。星使閩南持節去，驚起魚龍能識。諫草焚餘，詩囊貯滿，賦有淩雲筆。畫中何處，蓬瀛飛下仙客。

南鄉子

小立曲廊腰。月地横枝影淡描。除卻庭前香雪海，今宵。花外何人倚玉簫。往事夢迢迢。酒盞詩筒盡日抛。屈指三分春未半，明朝。湖上何人倚畫橈。

臺城路

《自鋤明月種梅花圖》

一襟幽思無人會，園林暮寒時候。小閣遲燈，閒階就月，漠漠香凝衫袖。花師替否。恰鵶嘴輕鋤，軟苔冰溜。遍插橫枝，碧紗窗外畫闌右。　姮娥乍驚睡起，鏡奩涼照影，清艷同瘦。警夢霜禽，梳翎雪鶴，偷掠疏煙尋久。梨雲半畝。似金屋安排，未容春漏。漫喚紅兒，弄妝呵素手。

浪淘沙

《蕙蘇室填詞圖》爲粤東黄君蓉石賦

梧葉碧痕流。簫譜涼修。疏花籬落兩般秋。琴趣愔愔圖畫裏，忘了閒愁。　有約返羅浮。梅蕊香稠。垂虹雪意壓歸舟。合付小紅低唱箇，水調歌頭。

金縷曲

清吟閣主《勘碑圖》

禹碣傳蝌蚪。又紛紛、幾家漢隸，幾家秦籀。碧落迢迢奇字幻，消得陽冰低首。一片石、韓陵快友。慢憶秋風殘照裏，是何年、雨剔煙抄久。渾不見，古苔繡。　蕭齋合許和雲構。擘窠書、移來飛白，運如鸞帚。佳士座中開拓本，窗外蕉陰涼透。問定武、蘭亭真否。翠墨香濃雙鈎筆，冷金箋、摹到花生韭。正小試，换鵝手。

風入松

《聽月圖》

山河雲外桂花浮。霞想廣寒遊。飯餐玉屑黄昏後，謫仙人、清絶無愁。冷淡心期印月，聰明耳性通秋。　蛾妝不爲夜涼休。圓鏡正當頭。阿誰驚起紅塵夢，漫丁丁、寶斧頻修。忽憶坡翁佳句，乘風欲上瓊樓。

月華清

柳稚勻黄，梅嬌墮粉，綺櫳春暗如霧。曉鏡圓冰，羞見遠山眉嫵。計芳信、逝水年華；疏俊侶、畫船簫鼓。輕誤。問舊時羅袖，淚痕紅否。　棐几重尋笙譜。説鬬草無心，減蘭空賦。燕去塵梁，强半繡簾香阻。玉纖冷、怨寫琴絲；銀燭短、悶敲釵股。遲暮。又碧雲四合，晚陰窗户。

【校記】

《國朝詞綜續編》卷二十四、《篋中詞》今集卷五收録。

前調

春日，暖姝招同玉士、茝香集春草廬

溜碧泉圓，梯青山淺，曲闌隨處低亞。點筆倪迂，西子黛痕遥寫。絶輕塵、窗眼簾釘；扶軟繡、竹垣花架。疏野。勝藏嬌金屋，玉人閒雅。　　俊侣芳時茶話。恰燕子頻來，海棠初嫁。微步珊珊，讀遍小屏風畫。指後約、乞巧針樓；負前度、討春詩榭。休暇。有銀箋先擘，粉香新砑。

【校記】

魏謙升《翠浮閣詞二集》附録此首，題作「春日暖姝招同茝香姊玉士妹集近水園賦贈」。按，暖姝即魏謙升室周氏，字暖姝。「閒雅」，《翠浮閣詞二集》作「妍雅」。

夏初臨

初夏苦雨，追憶湖上舊遊，用樊榭韻

夢雨飄簾，痴雲壓屋，吴綿欲卸還遲。新緑溪橋，花香洗浄明漪。玉笙寒了休吹。彈鬟鴉、釵燕參差。單衫輕舸，依依餞春，除是當時。故園櫻筍，芳事闌珊，濕煙鎖斷，酒市青旗。垂楊自碧，畫樓覓句人非。草色萋迷。鈿車塵、不到湖西。短長堤。催歸杜鵑，啼老深枝。

【校記】

「草色」，《林下雅音集》、小檀欒室本同，《國朝詞綜續編》卷二十四作「煙草」。

前調

梅雨連旬，湖上觀漲

斷碧山迷，亞紅闌濕，漲痕欲没平橋。一緑冥濛，難分垂柳條條。隔堤曾記樓高。水鄉寬、低了疏寮。圓荷香冷，輕鷗四三，閒到無聊。　方回愁唱，梅子黄時，可憐此日，雨似珠跳。芳情何處，笛聲忽度煙橈。忍憶花朝。蕩蘭舟、我亦吹簫。莫魂銷。催人歲華，如夢如潮。

雪獅兒

暖姝遊臯亭山，歸以泥猫見贈，戲成此調

臯亭山上，銜蟬巧樣，裝成如虎。小市連羣，也費青錢無數。跳梁不捕。便置向、書窗何補。翻一笑、摶人舊事，笙媧盤古。　痴絶秦家嬌女。問等身、金化幾分塵土。函谷輕丸，改作北門長護。春纖漫撫。怕粉汙、紅黏香污。西湖路。黄胖泥孩同塑。

玉漏遲

又製鮝鶴見贈索賦

軟波空蕩碧。錦鱗回首，舊遊陳跡。記否廚娘，雋味玉珧同擘。休笑枯形閱世，似丁令、飛來能識。塵夢隔。吳鹽一把，雪翎梳白。　多生修到胎仙，甚蛻骨零星，不成拋擲。雙鯉迢迢，懊惱緑箋誰摺。小字郎君又觸，倩素素、重傳消息。歸未得。江樓任吹横笛。「郎君鮝好江珧脆」，宋本《船上謡》也。

高陽臺

平湖秋月亭故址重新，遊者雲集，舟過不得上，沿堤自斷橋入裏湖

山遠浮煙，湖圓抱玉，絲絲楊柳輕柔。未老遊情，累人催上蘭舟。香塵漠漠西泠

路，占紅闌、笑語臨流。一篷幽。摇碧誰來，第二橋頭。　自從不作傷心句，負夕陽芳草，滿地閒愁。寂寂寥寥，襟期淡過眠鷗。東風幾陣回橈急，峭寒生、欲裹重裘。懶句留。花似濃春，雨似涼秋。

【校記】

《國朝詞綜續編》卷二十四收録。

香南雪北廬詞

南鄉子

瑟君隨宦甌江，戊申冬日歸里見過，讌飲彌日，填此送別

詠絮舊傳名。記把紅螺酒共傾。歲晚相逢愁又別，冥冥。花影斜陽黯畫屏。回首片帆輕。水驛迢遥去幾程。瑶瑟誰彈人不見，湘靈。山繞甌江一路青。

如夢令

仿東坡雙聲詩體

煙暗愔愔院宇。又遇懨懨寒雨。銀鑰掩黄昏，檐下紅鸚猶語。容與。容與。雲外一丸月午。

清平樂

滋伯、暖姝招同湘佩皐亭探梅，輿中口占

嫩晴天氣。綠漲波紋細。一路筍輿行畫裏。先有詠花詩意。　劉樊夫婦神仙。勝遊招入春山。更喜湘君同至，香留翰墨因緣。

前調

花下聯句

萬梅花下。湘曲曲疏籬亞。滋流水一灣青玉瀉。蘋小坐林間清話。滋　微雲忽漏斜陽。東風吹送寒香。湘花事二分未到，幾時再集壺觴。蘋

臺城路

新正卧疾掩關，滋伯走賀，出示與方雲泉倡和喜雪詞，即次其韻

歲朝卧病空齋裏，重重畫屏圍嶂。綵勝全抛，椒盤未薦，盡日深垂羅幌。瓶笙送響。看煙裊風痕，藥爐低傍。帖子宜春，片紅飛到大如掌。　山陰道中俊侣，不關乘興好，一棹來訪。細寫珠跳，圓摹璧合，喜雪新詞同唱。離懷漫想。記佳約年時，故人吟暢。見説臯亭，玉梅花又放。憶辛亥春，偕湘佩臯亭探梅。

減蘭

二月八日，滋伯獨遊南湖慧雲寺，便道過訪，拈此調寄示，走筆奉答

南湖古寺。舊是張家歌舞地。春水鱗鱗。憑弔煙波有幾人。　江城梅引。秀句珠圓兼玉韞。壁黯籠紗。紅袖成灰怨落花。戲謂彈詞女郎張秋田。

霓裳中序第一

七夕用草窗韻

羅雲晚翠疊。玉井桐飄驚墜葉。蛛網玲瓏暗結。愛瑟瑟涼花，彎彎新月。春蔥膩雪。理繡絨、還檢針篋。瓜筵畔、風吹裙帶，細語背人説。　愁絶。銅壺聲咽。看銀燭、畫屏漸滅。秋期難會易別。嘆聘負金錢，佩傷瑶玦。有情天故缺。聽怨曲、孀娥未闋。仙如夢、璇宫夜静，瘦影化雙蝶。

南歌子

春杪會曲和張仲甫

瑟瑟香霏雪，泠泠曲詠霓。梅丸風掠墮平池。恰好緑陰如幄送春歸。　秀句傳三影，紅船話總宜。水樓記唱少年詞。謂壬辰水北樓度曲。今日花間啜茗更絃詩。

【校記】

「紅船話總宜」，張應昌《煙波漁唱》卷三「續詞鈔」附吴藻此詞全文，此句作「明妝説兩宜」。

倦尋芳

和芝仙作

記曾識面，聯步芳園，初夏長晝。彩筆拈來，麗句都從天授。氣吹蘭，人疑玉，娟娟楚楚雙羅袖。望明湖，説青山半角，十年如舊。　後約指、西谿泛緑，未果清遊，秋雪涼透。懊惱雲帆，一霎悤悤催走。青女素娥俱耐冷，何須定作劉綱婦。待他時，好瑶宫，共君消受。

【校記】

清・陆蒨《倩影樓遺稿》卷首録此詞，署名吴藻，題爲「即次集中見贈原韻」。結拍作「好瑶宫，待他時，共君消受」。

長亭怨慢

送笛樓赴吴，即和其留别韻

正忽忽、離懷牽惹。又見花梢，素蟾低挂。落盡庭梅，暮煙偏共亂愁瀉。曲終人去，横竹冷、憑誰把。奈此别情何，似子野、聞歌無那。　舞榭。記鈞容樂部，看到畫廊燈炧。華年舊夢，漫回首、墜歡都罷。第一望、小試歸帆，翦紅燭、西窗重話。任旅食天涯，期爾錢分白打。

探芳信

用草窗韻。滋伯、芷卿各填一解見示，因和此以訂翼日湖上之遊，時丙辰二月八日也

趁閒晝。約北郭絃詩，西泠載酒。甚餳簫吹過，春寒尚依舊。泥人湖上探芳信，見說紅將瘦。牡丹開、客已憑闌，屧應喧甃。　窗外曉風驟。怕薄霧侵簾，冷雲横岫。

試卜金錢、明朝問晴否。梅谿石帚新吟好，欲和還低首。笑詞壇、我愧豪蘇膩柳。

前調

次日風雨淒其，峭寒如水，先遣人刺船往展先兄夢蕉墓，余肩輿至西泠橋畔，坐待而舟未至，口占此闋，仍用草窗韻

惱春晝。借苦雨淒風，催詩殢酒。有座中佳士，連珠賦新舊。時絅士攜二詞見示。難將彩筆書花葉，空任朝雲瘦。聞牡丹大放，雨阻不獲觀。只參差、笠影穿林，屐聲喧甃。摇碧那能驟。儘盼切輕橈，望深重岫。上冢人遥，攜尊快來否。枯腸搜索何時潤，覓句頻搔首。坐湖堤、悶對濛濛翠柳。

玲瓏四犯

碧柳繫船，紅英飛盞，西湖芳事如許。雨絲風片緊，寶馬香車阻。殘春尚留未去。

算三分、二分塵土。烽火江關，電光身世，長恨石難補。羅窗曉鶯啼樹。記水樓喚酒，花院聯句。好懷渾減盡，舊曲無歌處。兵戈慣擾揚州夢，漫回首、玉人金縷。君見否。斜陽外、荒荒戍鼓。

洞仙歌

《花雪嬋娟圖》

玉梅花下，坐玉人花貌。吹鬢風微暗香繞。記昨宵，明月喚醒妝樓，攀折處，驚起枝頭翠鳥。欲攜疏影句，來倚霜筠，卿比紅紅更嬌小。爲我囀鶯喉，一串珠圓，歌雲度、嫩寒春曉。問夢入、羅浮幾生修，對冷艷芳姿，索成雙笑。

翠樓吟

西湖春泛憶先兄夢蕉

笛倚樓高，觴流水曲，當年俊遊難再。橋西尋舊跡，怨芳草斜陽天外。晴湖花海。記慘緑挼袍，輕紅飛蓋。人何在。野棠開盡，杜鵑啼壞。　一帶。垂柳依依，忍畫船摇碧，酒鐺重載。梅邊亭又圮，算惟有青山不改。清愁無賴。感倦鼓春城，殘鐘香界。歸橈快。晚雲初起，月明風大。

前調

五月二十一日，詞壇諸君見招，重集朱氏湖莊，疊前韻

屋角延青，廊腰倚翠，山莊訂遊還再。南屏芳事了，看一抹微雲天外。詞仙淮海。喜碧水方塘，緑陰圓蓋。餘花在。瓣疏紅墜，石榴裙壞。　錦帶。橋畔垂楊，認舊時

蘭舸，那回曾載。好春何處覓，悵撲蝶聽鶯都改。烽煙無賴。且扇拂歌塵，杯傾詩界。流光快。幾聲長笛，落梅風大。

鵲橋仙

題金韻仙《評花仙館詞》

東流春水，西來秋色，一樣酸酸楚楚。評花池館寫清愁，是子晉、仙人笙譜。生香翠管，聯吟粉字，長對綠窗眉嫵。珊瑚鐵網肯全收，免賸稾、叢殘飽蠹。時韻仙方爲余校印詩詞稿。

詞補遺

南鄉子

秋釀薄寒天。衣怯輕羅未着綿。深院黄昏人似醉，淒然。簾卷西風月上軒。十二畫闌前。立損弓鞋不忍眠。説與素娥空有恨，無言。默默傷心只自憐。

如夢令

明月一簾秋冷。落葉半庭風定。小步不勝情，踏碎滿階花影。人静。人静。十二闌干閒憑。

壽樓春

憐春宵無眠。早重門閉也，月上庭軒。只覺寒輕若翦，夜長如年。紅袖薄，香鬟偏。步玉階、徘徊花前。怕夢惹愁來，愁隨夢永，默默祝青天。　愁和夢，都休言。但荷絲割斷，蓮性持堅。一任梨雲漠漠，蝶魂翩翩。嫌綺語，抛吟箋。忍再容、柔腸淹煎。把羅幕低垂，游仙尚尋珊枕邊。

祝英臺近

釀寒時，銷魂處。窗外幾宵雨。偏是黄昏，滴向天明住。可知帳裏人兒，夢回枕上，都吟入、斷腸詩句。　闌珊緒。最憐一夜瀟瀟，花謝水流去。奈此韶光，欲留又難據。既然春到無情，春歸無影，怎落下、閒愁千縷。

減字木蘭花

題桃花便面

調脂膩粉。筆底描來和露潤。笑索春風。人面分明一樣紅。　昨宵香雨。有恨欲隨流水去。細認仙姿。知在天台第幾枝。

滿江紅

天上人間，知那處、是春歸路。漸冷落、半庭紅雨，一簾香霧。淚點只添衫子暈，啼妝難入眉兒譜。算生來、薄命合耽愁，非關誤。　花有色，天原妒。年似水，人何苦。嘆諸緣如夢，也應參悟。淡性久憎醲郁味，玄心儘耐淒涼度。怪盆蘭、底事亦銷魂，傷遲暮。

百字令

愁春方醒，又等閒、過了清和天氣。前度樓頭誰擫笛，吹送落梅風細。永晝懨懨，重門寂寂，寶篆香消矣。拋書人倦，衹將珊枕頻倚。　無奈幾尺桃笙，數層湘簟，生把詩魂閉。隔斷池塘芳草路，夢也不容輕擬。緑意如癡，紅情漸老，逗得吟懷未。那堪幽恨，一時還上眉際。

憶秦娥

花香幽。晚風涼入簾雙鈎。簾雙鈎。玉階雨過，瑟瑟如秋。　夜深閒去登紅樓。月痕淡淡雲悠悠。雲悠悠。誰家一笛，又按涼州。

浣溪沙

緑樹陰濃咽暮蟬。玉階如水月侵軒。簪花人愛晚涼天。　偶倚畫屏嫌曲曲，閒翻詩稿記年年。黃昏依舊對愁眠。

沁園春

題吴門宛蘭女史簪花小影

偶顯華鬘，謫向紅塵，三生劫消。幸志存貞靜，釵荊裙布；材兼福慧，瑟協琴調。春風吹橋畔星飛，樓頭夢冷，肯逐秋娘唱緑腰。從今後，有金鈴深護，不許鶯捎。　春風吹上生綃。也算箇、天涯半面交。看眉痕鬢影，真堪入畫；薄梳微裹，越樣增嬌。桃葉新歌，蘭香小字，都付詩人筆底描。披圖處，愧搓酥滴粉，添寫霜毫。

摸魚兒

題徐比玉夫人遺畫册後

自生成、曇花一朵，春風故意留影。當時人寫花枝日，花與人應互證。香未冷。怪底事、簪花人便歸仙境。露濃脂凝。看翠似縈愁，紅猶欲語，幻出可憐景。評量處，粉本拈來試並。等閒無此幽靚。仲姬才調江南筆，閨閣真推畫聖。還細省。只半霎、鷗波小夢誰呼醒。問天不應。覺雲掩瑶臺，芬流玉蕊，悵望碧空迥。

憶秦娥

題孫丈梅鶴小影

春風好。等閒幻出幽棲照。幽棲照。癯仙清甚，胎仙瘦了。此中合許逋仙老。暗香疏影供吟嘯。供吟嘯。援琴一鼓，水流花笑。

如夢令

送夢蕉三兄赴苕溪四闋

惆悵東風如舊。又把綠波吹皺。楊柳小紅橋，可是銷魂時候。分手。分手。人在青溪渡口。

怪煞江南柳七。換了綠蓑青笠。別後酒醒時，也要勸君將息。何必。何必。香總沁人不得。戲謂沁香妓。

記得去年春左。流水桃花看過。歲月苦無餘，莫再把杯閒坐。知麼。知麼。小令尚須和我。

門外木蘭舟繫。真箇留君無計。已近賞花時，莫忘歸裝急理。須記。須記。九十韶華有幾。

滿江紅

百代光陰，似過客、紛紛相逐。經幾度、夕陽芳草，鳥啼花落。衆口鑠金應見毁，六州聚鐵難成錯。嘆英雄、兒女總如斯，同聲哭。　上官俸，侏儒福。下里調，巴人俗。只離騷一卷，還堪三復。八九可吞雲夢澤，十千也跨揚州鶴。笑從來、蝴蝶與莊周，何曾覺。

蝶戀花

有箇園林真似畫。叢桂開多，謝了還重謝。月朗風清都没價。銷魂最是黄昏夜。　圓月掬來秋滿把。顧影花前，洗手湖山下。青豆房深香未炧。如此西風，莫把重簾挂。

滿江紅

題姚小春《螳螂生圖》

堂上賓來，正追話、兒時舊事。回首處、涼秋幾度，只經彈指。玉果犀錢曾共賞，霜螯菊酒還親試。有行空、天馬忽飛來，名初誌。　頭角相，崢嶸似。詞賦手，牢騷思。況瀟瀟風木，樹猶如此。物我久忘蝴蝶影，神仙且食衣魚字。看排霄、一羽振他年，男兒志。

祝英臺近

題陳蘭馨夫人《打魚圖》

聽春潮，愁春雨。一碧漲春渚。流水桃花，春色杳然去。有人打槳歸來，風鬟霧鬢，仿佛是、淩波仙侶。　低徊語。幾時結個鷗盟，相依此中住。君把絲竿，儂歌采香句。更看月白江天，一枝横笛，同唱入、數峰青處。

高陽臺

燕燕鶯鶯，花花草草，韶華九十相催。緑遍天涯，知他何處春歸。闌干幾摺誰曾倚，又無端、紅到斜暉。下羅幃。斷了衙香，冷了爐灰。　傷心説甚聰明好，怕彩雲易散，不待風吹。記得當時，琉璃硯匣長隨。而今只慣懨懨病，一年年、越見清羸。悄低徊。翠辮雙鬟，青斂長眉。

采桑子

題畫菊

寒叢未許東風見，艷絶春華。冷耐霜華。此是三秋第一花。　不逢陶令誰知己，籬落煙賒。庭院香賒。祇寫孤芳入畫家。

虞美人

梅花

曉雲無夢春無跡。愁煞梨花雪。相逢縞袂已成仙。人解憐花花不解人憐。
水邊明月清如此。或者前身是。横斜疏影晚風酸。一笑拈來香裏證詩禪。

浣溪沙

桂花

寂寂秋屏睡起遲。嫩涼天氣蝶魂癡。木樨花發一枝枝。　清絶自應藏月窟，香來渾不借風絲。累人階下立多時。

如夢令

獨向畫屏閒倚。幾樹木樨開矣。小病怯秋涼，一陣晚風吹起。難避。難避。添上薄羅半臂。

鵲橋仙

尖風一陣，輕寒一陣，又是灑窗疏雨。紅蕤枕上夢回時，添多少、斷腸新句。蛩聲切切，蕉聲颯颯，不到天明不住。曉來打疊嫩鴉書，要塗遍、涼雲幾樹。

憶秦娥

題畫扇

泉聲咽。別開仙境人蹤絶。人蹤絶。尋幽到此，水窮山缺。　碧鱗游泳紅黿活。迴波略遜江鄉闊。江鄉闊。多些蘋藻，少些荷葉。

南樓令

寄懷汪小韞世嫂吴中

麗句更清懷。天教花骨裁。好詞華、絶艷驚才。一片心香遥夜爇，正落月、照空齋。　何日鈿車來。青綾步障開。整琴樽、問字妝臺。雪唱雲和雖不慣，應許我、贊金釵。

風中柳

昨日啼鵑,今日落紅滿地。畫闌空、緑陰陰裏。問春無語,況餞春無會。勸春光、不如歸矣。　花落花開,總是花神游戲。笑楊花、因風又起。莫隨塵土,更莫隨流水。好攙入、謝家詩意。

金縷曲

昔人以西湖比西子,因填此解

瀲灎湖天曉。問當年、誰開明鏡,一奩清照。豈是匡廬真面目,西子全身畫稿。濃抹與、淡妝俱好。六幅裙拖新漲緑,襯腰圍、一道沿堤草。蒲葉展,帶羅繞。　遲來未見青山笑。夕陽中、横波欲溜,翠眉重掃。北南兩峰低處望,出意挑鬟最巧。只朵朵、花鈿卸了。待得空濛疏雨裏,又亂頭、粗服天然貌。看不足,詠難到。

柳梢青

覓覓尋尋。最清閒處，多了微吟。一種春嬌，十分秋氣，半點冬心。　晚風涼透羅襟。睡不穩，横琴緑陰。佇月無聲，坐花有影，小院愔愔。

風蝶令

得小韞書

簫鼓江南路，琴樽硯北儔。離懷如葉怕經秋。總是一般滋味在心頭。　别久難忘夢，書來不諱愁。雲山滿目水悠悠。又被西風吹我下簾鈎。

金縷曲

雲裳妹偕婿湯眉卿自西江赴蘇，便道枉過，喜而賦贈，再疊題錦槎軒集元韻

忽地仙雲墮。怪連朝、鵲聲羣噪，缸花幾朵。握手故人悲喜集，第一先詢詩課。拂吟案、紅閨虛左。商略新詞翻舊稿，趁熒熒、未炧西窗火。休笑我，拾殘唾。　比肩似玉簾前坐。羡天生、文簫才絶，綵鸞名播。不信神仙愁寫韻，甲帳繡襦閒過。日夕有、羅襟淚涴。君語如斯儂試慰，古今來、福慧卿其可。歌一闋，索雙和。

金縷曲

春杪偕雲裳泛湖，再疊前韻兼以誌别

撲面香雲墮。萬千條、絲楊難綰，紛紛朵朵。春色三分塵土水，可是東皇親課。應笑我、踏青期左。忽換人間清涼界，洗繁紅、不見花燃火。波似鏡，未容唾。　畫船

新漲如天坐。好湖山、吴儂故里，四方聲播。高閣滕王曾到否，一樣名區誰過。襟上試、杭州酒涴。此去金閶三百里，水程遥、作畫吟詩可。君漫唱，我先和。

（以上三十四首輯自浙江圖書館藏清鈔本《華簾詞鈔》）

喝火令

蘭氣吹煙細，檀心運想靈。名花傾國詠雙成。定向茜紗窗底，細膩寫吴綾。百種風華擅，千秋月旦評。花仙歷劫下蓉城。累我低吟，吟到月高升。累我月高升處，懷想對紅燈。

（輯自清·李淑儀《疏影樓名姝百詠》卷首）

齊天樂

《慈暉館詩草詞草》題辭

謝家門第天人貴，風姿綽然林下。碧幌絃琴，瑶編印粉，跨鶴揚州曾迓。高吟和寡。嘆香茗詞工，玉臺誰亞。石倚玲瓏，庾公樓畔好亭榭。無端烽火照眼，白雲巖半杳，凝望親舍。寸草慈暉，空花幻影，愁滿秋燈涼夜。郎腰瘦也。可重檢眉斂，舊題羅帕。錦瑟年華，杜鵑餘淚瀉。

(輯自清·阮恩灤《慈暉館詩草詞草》卷首)

外二種

一　曲輯

雜劇

喬影（飲酒讀騷圖曲）

（小生巾服上）

【北新水令】疏花一樹護書巢，鎮安排筆牀茶竈。隨身攜玉斝，稱體換青袍。裙屐丰標，羞把那蛾眉掃。

（坐介）百煉鋼成繞指柔，男兒壯志女兒愁。今朝并入傷心曲，一洗人間粉黛羞。

我謝絮才生長閨門，性耽書史，自慚巾幗，不愛鉛華。敢誇紫石鐫文，卻喜黃衫說劍。

若論襟懷可放，何殊絶雲表之飛鵬？無奈身世不諧，竟似閉樊籠之病鶴。咳，這也是束縛形骸，只索自悲自嘆罷了。但是仔細想來，幻化由天，主持在我，因此日前描成小影一幅，改作男兒衣履，名爲「飲酒讀騷圖」。敢云絶代之佳人，竊詡風流之名士。今日易換閨裝，偶到書齋玩閲一番，借消憤懣。（立起，走場角介）

【南步步嬌】優孟衣冠憑顛倒，出意翻新巧。閒愁借酒澆。俠氣豪情，問誰知道。（袖出書介）肘後繫《離騷》，更紅蘭簇簇當階繞。

（場上先挂畫，擺桌椅，放酒杯桌上介。小生看畫介）你看玉樹臨風，明珠在側，修眉長爪，烏帽青衫，畫得好灑落也。

【北折桂令】你道女書生直甚無聊，赤緊的幻影空花也算福分當消。恁狂奴樣子新描，真箇是命如紙薄，再休題心比天高。似這放形骸籠頭側帽，煞强如倦妝梳約體輕綃。爲甚粉悴香憔病永愁饒。只怕畫兒中一盞紅霞，抵不得鏡兒中朝夕紅潮。

（飲酒介）昔李青蓮詩云：「花間一壺酒，獨酌無相親。舉杯邀明月，對影成三人。」這等看起來，這畫上人兒，怕不是我謝絮才第一知己。（走過右邊，看介）

【南江兒水】細認翩翩態，生成别樣嬌。你風流貌比蓮花好，怕淒涼人被桃花笑。怎不淹煎命似梨花小。絮才、絮才！重把圖畫痴叫。秀格如卿，除我更誰同調。

啐！想我眼空當世，志軼塵凡，高情不逐梨花，奇氣可吞雲夢。何必顧影喃喃，作此憨態？且把我平生意氣，摹想一番。（立中場做介）

【北雁兒落帶得勝令】我待趁煙波泛畫橈，我待御天風游蓬島。我待撥銅琶向江上歌，我待看青萍在燈前嘯。呀，我待拂長虹入海釣金鼇，我待吸長鯨貰酒解金貂。我待理朱絃作幽蘭操，我待著宫袍把水月撈。我待吹簫，比子晉還年少。我待題糕，笑劉郎空自豪，笑劉郎空自豪。

咳，一派荒唐，真是痴人説夢。知我者尚憐標格清狂，不知我者反謂生涯怪誕。怎知我一種牢騷憤懣之情，是從性天中帶來的喲！（淚介）

【南僥僥令】平生矜傲骨，宿世種愁苗，休怪我咄咄書空如殷浩，無非對旁人作解嘲。對旁人作解嘲。

似這等開樽把卷，頗可消愁。怎生再得幾個舞袖歌喉，風裙月扇，豈不更是文人韻事。

【北收江南】呀，只少箇伴添香紅袖呵相對坐春宵，少不得忍寒半臂一齊抛。定忘卻黛螺十斛舊曾調。把烏闌細抄，更紅牙漫敲，纔顯得美人名士最魂銷。

（大笑介）快哉！浮一大白！（飲酒介，看書介）我想靈均千古一人，後世諒無人可繼。若像這憔悴江潭，行吟澤畔，我謝絮才此時與他也差不多兒。

【南園林好】製荷衣香飄粉飄，望湘江山遥水遥。把一卷《騷經》吟到。搔首問碧天寥，搔首問碧天寥。

（痛哭介）我想靈均，魂歸天上，名落人間；更有箇招魂弟子，淚灑江南，只這死後的風光，可也不小。我謝絮才將來湮没無聞，這點小魂靈飄飄渺渺，究不知作何光景。

【北沽美酒帶太平令】黯吟魂若箇招，黯吟魂若箇招，神欲往夢空勞。古人有生祭者，有自挽者，我今日裏呵，紙上春風有下梢，歌楚些酹松醪。能幾度夕陽芳草，禁多少月殘風曉。題不盡斷腸詞稿，又添上傷心圖照。俺呵收拾起金翹翠翹，整備著詩瓢酒瓢。呀，向花前把影兒頻弔。（收畫介）

【清江引】黄雞白日催年老，蝶夢何時覺。長依卷裏人，永作迦陵鳥。分不出影和形同化了。

跋一

此吾杭女士吴蘋香自製《飲酒讀騷圖曲》。女士少工詩，既喜作詞，清微婉妙，慧心獨出。茲以侘傺懊咿之情，一發之於歌，不自知其涕之何從也。余與其兄夢蕉遊，得讀此本。恍如湘江千頃，澄波無際，君山縹緲，煙鬟霧鬢，相對出没，蘭橈桂枻，容與乎中流。復如山鬼晨吟，林猿暮嘯，夜郎遷謫，長沙被放，才人淪落，古今同慨。余也羈棲海上，跡類蓬飄，秋士能悲，中年多感。爰誌傷心之曲，聊書綴尾之詞。秋生葛慶曾識於申江寓舍。

跋二

乙酉秋，余客滬上，友人出示此册。讀之，覺靈均香草之思猶在人間，而得之閨閣,尤爲千古絶調。適有吴門顧郎蘭洲,善奏纏綿激楚之曲,爰以是齣授之。廣場演劇,曼聲徐引,或歌或泣,靡不曲盡意態。見者擊節,聞者傳鈔,一時紙貴。爰付梓人,播諸樂府,以代鈔胥云爾。萊山吴載功跋。

(輯自道光乙酉吴載功刊本影印本)

散曲

自識

余昔爲倚聲之學,間作金元樂府,因篇什寥寥,未敢問世,賸稿蠹殘,久不省記。今夏曝書,偶於敝簏中檢得,滋伯以余之不復爲詞也,勸授雕人,以存昔時鴻印,遂附刊於詞後。庚戌秋日,蘋香自識於香南雪北廬。

題玉年悼亡詩後

［南南吕］【集賢賓】仙香一縷空散花，問吹墮誰家。出落箇紅閨人俊雅，好清才删盡風華。霜毫自把，定不减鷗波身價。燒絳蠟，拓粉本繡餘琴暇。

【二郎神换頭】星槎，盈盈一水，當年穩駕。正月照璇宫花影亞。比肩似玉，分明徐淑秦嘉。便十樣眉圖郎會打，怕兩點愁蛾難畫。没波查，爲甚暈紅渦褪了朝霞。

【黄鶯兒】親舍白雲遐，望鄉關便淚雨麻。名香夜爇重簾下。愁深病加，仙乎夢耶？彩雲易逐罡風化。滿天涯，紅心草長，抽不斷春芽。

【琥珀猫兒墜】虚帷酒醒，凉月賸些些。遺挂風翻颭畫叉，神傷奉倩鎮嗟呀。愁他，怕月落瑶宫，鶴夢尋差。

【尾聲】天邊重把雲軿迓，較可是蘭姨新嫁。（續娶夫人之妹。）且剪燭論心向碧紗。

【校記】

「南南吕」，按，【集賢賓】【二郎神】【黄鶯兒】【琥珀猫兒墜】皆南商調曲牌，此言「南南吕」，不知何據。

雲伯先生於西湖重修小青菊香雲友三女士墓，刊《蘭因集》見示，即題其後

［南仙吕入雙調］【步步嬌】金粉難銷湖山路，草緑裙腰露。荒陵落日初。一片傷心，美人黄土。何處弔蘼蕪？把香名一例兒從頭數。

【醉扶歸】一個葬秋墳冷唱逋仙句，一個對春山閒臨西子圖，一箇簾垂畫閣緑陰疏。怎蓮胎生迸的蓮心苦？最憐他零膏冷翠强支吾，最傷他蘭因絮果難調護。

【皂羅袍】日日畫船簫鼓。問湖邊艷跡，説也模糊。桃花三尺小墳孤，棠梨一樹殘碑古。春煙楊柳，秋風荻蘆。粉痕蛺蝶，紅腔鷓鴣。玉鈎斜誰把這招魂賦？

【好姐姐】有箇謫仙人轉蓬萊故鄉，愛一帶青山眉嫵。平章花月把嬋娟小傳摹，詩禪悟。能留片石將情天補，欲倒狂瀾使恨海枯。

【尾聲】珊珊環佩歸來否？早注入碧城仙簿。只問他曾向詩人拜謝無。

雲裳妹鄧尉探梅圖

［南南吕］【梁州新郎】（【梁州序】，首至合）空山流水，疏籬曲港。買箇探春畫舫。神仙眷屬，飛瓊生小無雙。更有青蓮居士，玉局仙人，老作湖山長。（雲裳與師齊梅麓先生同遊，故云。）梅花開遍也好平章，算枝北枝南春正長。（【賀新郎】，合至末）詠絮格，裁雲況，鎮金釵弟子吟懷暢。香不斷，沁詩腸。

【前腔】（【梁州序】，首至合）銅坑西覽，米堆東望。七十二峰相向。水邊竹外，澹雲微雪斜陽。只覺花如人瘦，人比花清，花與人無兩。登樓凝眺也暢軒窗，看一片湖波接大江。（【賀新郎】，合至末）春雨過，春潮漲。但春山都學眉兒樣。風作佩，水爲裳。

【前腔】（【梁州序】，首至合）熱紅塵此地清涼，冷黄昏箇人疏放。雛鬟嬌小，累他頻負奚囊。不信萬梅花裏，片石峰頭，設到青綾幛。花神含笑也説荒唐，怎今夜詞仙是女郎。（【賀新郎】，合至末）招月魄，添霞想。恍前身萼緑今生降。在香雪海，白雲鄉。

【節節高】拈花試晚妝，颭釵梁。香邊細酌葡萄釀。胎禽讓，翠羽忙，銀蟾亮。分明人在瑤臺上，仙乎素袖乘風颺。此會明年定重來，相逢縞袂原無恙。

【尾聲】玉臺新續梅花唱，看花有精神玉有香。從今後繡閣應開玉照堂。

題寒閨病趣圖

［南越調］【小桃紅】玉梅小朵占芳先，逗一縷春如綫。也，待挂簾櫳，北風獵獵雪搓綿。問今夕是何年，擺列下元香墨，碧雲箋。紫羅毫，呵暖了紅絲硯。也，畫眉才十樣俱全。恰遇著病西施，又添一種捧心妍。

【下山虎】懨懨惜惜，楚楚娟娟。一捻腰肢瘦，裙花翠寬。只恐涼殺荀郎，香衾怕展。扶不起蓮瓣鞋兒弓樣彎。瘦腔腔餘嫩喘，怯生生亸膩鬟。如水空庭院，簷冰筯懸。分明是甲帳生寒卧彩鸞。

【五韻美】暮天低，彤雲亂，妝樓四面風絮卷。聳山肩裘壓翠雲暖。閒支素腕，擁髻裏伴郎吟倦。香微吐，脂又然。似一對徐淑秦嘉，較謝庭勝遠。

【五般宜】漸漸的噏桃花，粥糜少傳。漸漸的調芍藥，羹湯厭酸。綠濛濛一帶瑣窗關。鎮日價眠裏坐裏，伴藥爐茗椀。春長夢短，香嬌翠軟。承謝煞瓊姊共蘭姨，又相探來繡館。

【山麻稭】記小膽，空房慣。爲甚銀液心忪，索到文園。難瞞。唾花紅病信春將半。料不能玉簫長奏，玉臺長倚，玉鏡長圓。

【黑麻令】簪不上金鈿翠鈿，裊不盡茶煙藥煙，掙得箇長眠短眠。鎮支離瘦骨香桃，廝守定愁邊夢邊。消受煞卿憐我憐，供養到情天恨天。不堤防一陣罡風，吹去了花仙月仙。

【江神子】動不動蓬山路萬千，没相干碧落黄泉。可是他優曇一現人間，裙衫金縷潑新鮮。怎奈蓺蘅蕪夢淺。

【尾聲】酸風苦雨梨花片，想煞那桃花人面。最關心窗外梅花又開半翦。

月下吹笙

【楚江情】（【香羅帶】，首至合）窺簾一點明，秋生滿庭。香銷燭滅開畫屏，懶拈湘管坐調笙。也把檀痕小掐，雲和自擎。猛覺的仙乎兩袖風又輕。（【一江風】，五至末）玉宇瓊樓，怕飛去愁難定。只教烏兒緩緩昇，教烏兒緩緩昇，兎兒略略停。吹一曲涼州令。

（輯自道光三十年本《香南雪北詞》附録）

二　詩文輯

香南雪北廬詩

謁曹娥祠

春潮連雨漲江波，指點靈祠謁孝娥。一代名碑才子讀，千秋正氣女兒多。夕陽紅入烏篷舫，細草青分白塔河。日暮蒼茫山寺遠，數聲清梵答漁歌。

余所制《喬影》劇，即飲酒讀《離騷》意，頗傳於外，江浙梨園有演之者。時值餞春，金丈梅溪開筵演此，承招往觀，感賦二首

紅氍一片展當筵，畫出狂蹤劇可憐。名宦風流能顧曲，朱虛舟中丞。才人書畫正移

船。許玉年孝廉。憑將豪竹哀絲響，奏入飛花落絮天。擲米化珠聊戲耳，未容狡獪近神仙。

不溯當年菊部頭，崑生解按古梁州。歌傳屈子三湘怨，宴抵平原十日留。綺閣叨陪瞻雅範，夫人有林下風。玉臺破格寫牢愁。何時自撥銅琶唱，笑看江波日夜流。

乞巧詞

銀漢迢迢鳷鵲飛，一年轉盼又秋期。閨中只解傳佳話，不管仙家怨別離。

蘭清菊秀海榴妍，料理宵来乞巧筵。添購折枝三兩種，侍兒忙數買花錢。

斜陽簾影卷蝦鬚，水榭風廊暑退無。笑把定瓷圓盒子，晚涼花下捉蜘蛛。

坐傍疏窗一幕紗，金刀細鏤緑沈瓜。分明奪得天孫巧，素手能開頃刻花。

素馨花發颭釵梁，拂面風來笑語香。一樣輕羅團扇小，今年不似去年涼。

玉管紅牙響未停，繞梁歌欲遏雲軿。何當一奏陽關曲，愁絶雙星不要聽。

畫屏無睡酌流霞，銀燭秋光豔晚花。七孔金針穿未得，怪他弦月早西斜。

試將秋信驗梧桐，閏到良期不厭重。寄語星妃好珍重，圓蟾一度又相逢。今歲值閏七月。

二月杪至吴門

望望金閶路，春江打槳過。來帆風外側，落日水邊多。花發横塘曲，菱荒茂苑歌。

蘇臺楊柳色，一碧問如何。

初夏寓居裏湖趙氏莊

説與湖山花鳥知，春風無日不相思。遲來誤卻探梅約，已是成陰緑葉時。

湖光如鏡照詩懷，四面雲山合抱來。絶似微之浙東句，一家終日住樓臺。莊有樓，名「鏡水」。

玉壺酒市去沽春，歸路斜陽畫本新。夜半月高絃索奏，臨湖多少倚樓人。

暫擬平原十日居，四山新緑護琴書。别翻古調杭州曲，桂子荷花總不如。

坐月

花徑晚涼天，流螢繞金井。月轉畫廊西，闌干坐無影。

春日同人湖上看牡丹，趙篠珊丈以七律二首見示，次韻

暖風十里蕩輕舟，翠管紅牙坐兩頭。緑漲波光平柳岸，青圍山色抱湖樓。琴材妙得無絃響，是日攜木琴合曲，琴斲桐爲小節，按五音排列，以雙桿擊之，桿首如小蓮房式，音泠泠然，在絲竹之上，海外物也。觴政寧煩曲水流。佳句唐人先詠到，夕陽簫鼓記春遊。篠珊丈又作七絶三首，以唐人「夕陽簫鼓幾船歸」句冠首，及次句末句，余依體和之。

約伴湖堤暫艤舟，拏音漸近畫橋頭。舟行橋下，余擊木琴，夢蕉三兄於橋上聆之，音益清美。放翁船到能無酒，清獻門高自有樓。謂鏡水樓。靈宇瓣香懷景慕，蘇祠謁東坡先生。

名花國色擅風流。擲來珠玉時吟玩，長記追陪杖履遊。

白蓮四首

玉井峰頭第一花，雪爲肌骨水爲家。偶來香界原無跡，縱出泥塗不染瑕。君子古懷甘澹泊，美人絶代屏鉛華。靈根本是西方種，肯作尋常色相誇。

亭亭翠蓋覆銀塘，仙子淩波白霓裳。鷺立鷗眠容避影，月明風定但聞香。掃空俗艷千花色，并入新秋一味涼。獨許素心人共賞，不煩三十六鴛鴦。

妖紅艷紫鬪春多，天遣司花到素娥。雜佩珊珊湘女解，新詞采采雪兒歌。絶憐外直中通備，其奈瑶情玉怨何。萬點緑萍波面聚，恰疑碧落曙秋河。

大葉麤枝出自然，不工雕飾最清妍。煙波圖畫龍眠筆，冰雪精神姑射仙。豈有紅心能徹底，即今素面許朝天。濂溪倘抱倪迂癖，潔品當推一著先。

寄慰張雲裳妹

回首前塵感未忘，雪泥鴻爪又滄桑。臨風木落蕭蕭葉，隕石星流作作芒。謂尊甫麗坡參戎，卒官於吴。抱恨終天悲客里，懷人秋水隔江鄉。梅花官閣詩重讀，我亦挑燈淚數行。

萱草棠花近若何，念家山唱定風波。吴宫虎氣騰精去，蜀國鵑聲淚血多。玉貌丁年方燕婉，繡襦甲帳好吟哦。近聞已適豫章湯西樵觀察令嗣眉卿茂才，頗稱佳偶。卻愁遲我西湖約，每到春遊懶放歌。

閨情

重重屈戌閉深宵，人在空閨感寂寥。花貌可堪年似水，秋期未卜信如潮。燒香悶拜初三月，記曲慵吹尺八簫。幾日紅萸寬帶眼，相思愁損楚宫腰。

和王丈仲瞿祭西楚霸王墓

玉玦難憑事業休，喑嗚叱咤竟無謀。中原逐鹿移秦地，歧路亡羊泣楚囚。青史但援成敗例，白雲長作古今秋。龍門可繼麟經筆，全漢須仍本紀修。

垓下軍聲帳下歌，騅兮不逝奈時何。美人報主名先得，功狗邀封悔已多。兒女英雄同此淚，烏江碧水爲誰波。穀城坏土真僥幸，靈爽千秋總不磨。

孤山落梅同黄穎卿作

巢居閣傍水邊開，漠漠寒煙鎖碧苔。玉笛一枝吹未盡，詠花句好待君來。

淺笑仙人萼綠華，一尊遲我酌流霞。冷香狼藉春何處，半入詩家半畫家。

消夏詞

一層黄篾拓虚空，篷障驕陽色不紅。東閣閉窗西啓户，曲房引入過堂風。

桃符前度綴瑶釵，共説針神有好懷。梅朵冰紋金縷綫，爲郎親手製涼鞋。

喜得朝來女伴添，曲房深下水晶簾。呼盧喧雜圍棋静，愛把南唐葉子拈。

三絃彈唱近風詩，半似楊枝半竹枝。體貼家常兒女話，畫屏側坐聽南詞。

小語啞啞出學堂，阿侯泥母擘蓮房。閒情作箇龍鍾叟，配與泥孩緑間黄。

碧筩杯泛酒頻呼，郎愛松醪妾不符。翠柄製同湘竹管，朱櫻小吸淡巴菇。

病餘怕噉緑沈瓜，熱惱難消悶轉加。六一散涼香薷苦，試煎菉豆作甌茶。

露坐中庭笑語涼，平頭髻子晚來妝。鏤空藤枕蘇州式，茉莉花開夢亦香。

春日暖姝招同玉士、莁香集春草廬次玉士韻

竹外軒窗幾處開，花時有約步莓苔。放歌我欲淩山頂，惜少桓伊擫笛來。

鄰鄰春泛玉缸波，香茗才華綺思多。忽憶江南煙水遠，摶沙身世感蹉跎。謂怡珊、小韞。

疊韻示滋伯

夕陽亭角畫屏開，幅幅吟箋展碧苔。愁絶女嬃無好句，酒邊爲讀楚騷來。
草堂十笏壓湖波，下水船輕得句多。詩境卻如禪境澹，碧紗紅袖兩蹉跎。

送湘佩入都，即和留别元韻

寒梅高格出風塵，一笑相逢見性真。余於夏園看盆梅，乃識湘佩。多少西泠名媛筆，環花閣外又何人。吾杭閨秀除小韞外，無出其右者。環花閣，小韞齋名。
懶上河梁送客舟，澹煙衰柳黯然愁。故人知我長相憶，夢繞燕雲十六州。

半生歷劫似飛仙，辜負才華賦茗篇。此去油窗花户裏，離愁莫更到吟邊。

歲暮微雪，招玉士、暖姝敝齋小集，滋伯詩來，用尖叉韻，率爾奉酬

麗句傳來巧不纖，杜陵詩律晚逾嚴。吹葭已過春添綫，釀雪難成水著鹽。修竹平安期勿藥，聞小韞遘危疾，心竊憂之。梅花消息誤巡檐。擬種紅梅未果。遥山望望幽人宅，只隔城闉雉堞尖。

翠鈿貂茸罨鬢鴉，蓬門喜駐兩雲車。清閒福占神仙境，笑語香生姊妹花。念子情深欣促席，與玉士書，用淵明語。起予詩好本名家。謂原唱。闌干一角低徊處，讀畫何人展玉叉。是日於東闌展看李西齋亡女問字圖。

春夜平湖秋月亭與笛樓聯句，笛樓推敲未就，余戲足成之

水天一色月沈浮，笛春夜平湖遠勝秋。雙塔雙堤銀世界，一觴一詠古風流。玉簫是處憑闌撫，畫舫何人秉燭遊。里句嫦娥應厭聽，微雲四合掩珠樓。

滋伯以野花七律見示，即和二首

朱朱白白弄幽芳，半落山坳半澗旁。幾見栽培隨分發，不矜標格自然香。賞憑上冢人澆酒，簪笑沿村婦艷妝。采到根苗同入藥，牡丹莫漫説花王。

榮悴無心競衆芳，託根何恨寄籬旁。輕紅碎白叢叢艷，野店山橋處處香。高詠方干誇異色，「野花多異色」，方干句。小家碧玉謝華妝。村翁社酒如相酹，也祝金剛不壞王。「長生白，久視黄，共拜金剛不壞王」，謂菊花也，出《清異録》。

滋伯又以詩來，復和一律

編槿爲籬插竹闌，卻憐紅紫太酸寒。無名可采人難品，寫影同工月借看。長伴桑麻親野老，肯攀桃李附春官。錦幃寶障香深處，輸與山家雨露團。

己酉春杪湘佩來杭，招集湖舫，即席口占

湖煙漠漠雨疏疏，握手登舟緑浸裾。十載歸來詩筆健，無人不重女相如。

又次玉士韻

雪泥鴻爪記前塵，十載歸來彩筆新。詩酒未忘京國夢，湖山不改故園春。相親綺席人如玉，聯步芳堤草似茵。落落晨星三兩點，一尊長感去來因。數年來，楚生太夫人與

怡珊皆下世，雲林在揚州，穎卿、瑟君，一去婺州，一去甌郡。

歸路征塵浣客衣，詠懷古跡半依稀。君有南歸日記。黄河遠上旗亭唱，舊雨清談玉屑霏。小敘恰當春盡日，重遊待卜月流輝。有泛月之約。花龕零落松龕改，回首禪關處處非。瑞雲、蓮池兩菴，卬壑極佳，近皆改成俗狀，可嘅也。

湘佩家滁州來安，其俗耕種皆婦女，寄示《田家詞》二十首，率成二絶答之

蓬鬢躬耕事已新，竹枝詞巧善摹神。石湖舊詠田園樂，不信紅閨有替人。

讀書學稼笑樊遲，農士偏皆付女兒。新漲一陂詩思湧，力田辛苦硯田知。

庚戌冬，湘佩自滁州來杭，屢過畹齋止宿，絃詩讀畫，邀月坐花，頗有倡酬之樂，余愧不能詩，勉作數章，以紀一時之勝，名《香雪聯吟稿》

【校記】

評花仙館本《香南雪北廬詩》無目録，在格式上亦未顯示出大題與小題的區别，標題一律低二格，故所謂「香雪聯吟稿」，其起訖殊難判斷。兹以内容計，統爲八首。以下《寄懷湘佩四首》未納入。

聽雨示湘佩

纔卜清宵月上弦，依然風雨對牀眠。評詩雅擅量才尺，湘佩著《名媛詩話》。得句真同下水船。東閣梅花期後日，冀其隨宦來杭。西湖春色話當年。一尊莫忘椒盤酒，乘興還來頌百篇。除夕擬招同守歲。

同湘佩守歲疊前韻

歲除臘盡似驚弦，畫燭燒殘夜不眠。頌獻椒花春到筆，香傾柏葉酒盈船。故人會合來千里，暮景飛騰又一年。難得聯吟今夕共，吳興應祭篋中篇。《篋中集》，吳興沈千運冠首。

除夕貧甚戲成

風雪殘年盡，神仙小劫過。歲暮窮愁，余目爲神仙小劫。無靈笑如願，有客自高歌。瓷斗花舒玉，金尊酒泛波。阮囊錢罄矣，奈此歲除何。

歲朝三日雪窗聯句

雪兆豐年瑞，寒梅未著花。草堂人日近，蘋松徑玉塵加。君譜陽春曲，湘儂留白鹿車。山險休訪戴，蘋。時湘佩欲往戴家河下，余止之。分韻鬬尖叉。湘

立春日對雪用聯句韻

小窗同對雪，遲爾詠梅花。生菜春盤薦，紅爐玉炭加。園林開粉本，巷陌斷香車。佐飲無兼味，寒魚未可叉。

暖姝擬於落燈後三日招同湘佩臯亭山探梅，賦此踐約

爲報臯亭下，疏梅已著花。乍晴春晝冷，一雨水痕加。蕩漾辭蘭舸，瓏璁走鈿車。主人招復引，莫問路三叉。

探梅遊崇先寺，次湘佩韻

萬枝香雪影横斜，物外春歸釋子家。成句。滑滑泥衝三徑路，陰陰寒勒半村花。素箋作草書成聖，湘佩書聯於寺。好句如仙氣自華。愧我麤疏慵染翰，小窗無意學塗鴉。

送湘佩入都疊前韻

葉葉輕帆五兩斜，壓船書畫又浮家。何時更翦西窗燭，此去重看上苑花。香雪滿山懷故里，軟紅十丈客京華。離愁怕見春波緑，惆悵詩成墨點鴉。

寄懷湘佩四首

恩恩驪唱急，催上木蘭舟。千里故人去，一江春水流。山明摹北苑，花落憶西洲。更喜金鑾侍，書鐫紫石不。

難得尊前酒，椒盤餞歲同。河梁分手易，風雨對牀空。長夜盡復盡，短檠紅更紅。詩牌誰共集，香篆冷房櫳。

紅閨詩領袖，筆健擅三唐。舊侶逢京國，懷人話故鄉。吴天雲渺渺，煙樹月茫茫。

好語聯吟地，梅花古道場。謂同遊皋亭崇先寺，坐梅花下聯句。

太息雲泥别，分飛各一涯。愁予偏落莫，之子最清華。小院誰觴月，豐臺合詠花。何時香雪海，重與鬬尖叉。

滋伯久不作詩，甲寅秋忽以一編見示，名《攘臂吟》，皆粤匪陷金陵後作也，憑弔蒼涼，悲歌斫地，爰題二絶以誌感慨

夕烽江上夕陽低，金粉零星化作泥。愁絶杜陵詩史筆，春山堂滋伯所居。即浣花溪。

詩虎争傳攘臂吟，下車馮婦俊難禁。年來我亦躭禪悦，同抱沾泥落絮心。

滋伯自禹航至唐棲超山探梅，以詩寄示，因感昔遊次韻

憶昔壬辰歲，超山探梅林。祠山生日過，積雨氣蕭森。足蘚岸泥滑，寒風吹衣襟。枝頭少紅萼，枝上無翠禽。棹舟去海昌，逶迤沿河潯。河水清且漣，一路聞拏音。咫尺安瀾園，宸翰輝瓊琳。看梅既不果，聊此愜素心。長廊曲復曲，池臺花木深。遊園溼衣履，抵家尚春陰。浹旬天始霽，刺船重追尋。癯仙顧我笑，竟體芳香侵。樹古苔繡碧，低花礙瑶簪。夕陽在歸篷，疏枝隱横參。枇杷夾岸茂，隙處間林檎。讀君記遊詩，追昔因撫今。雁行傷久折，謂夢蕉。花發愁登臨。

滋伯病目，以詩寄示，次韻答之

春秋佳日湖山勝，日逐吟朋隄遊興。羡君眼福去看花，福過災生目旋病。獵獵霜風小雪交，得意詩成雨滅泡。《雲仙雜記》：「能詩之士，雨泡滅而得意，香煙斷而成吟。」不盲

於心盲於目，子雲詞賦工解嘲。瓣香我下南豐拜，鄰笛山陽同嘆喟。環花閣與錦槎軒，小韞、雲裳齋名。宿草萋萋歌露薤。探梅雅集記詩豪，湘佩。燕燕西飛感伯勞。目斷雲山千萬里，兩人吟鬢各刁騷。太白斗酒詩中仙，工書嗜飲張旭顛。君量不滿三蕉葉，亦復一揮千百篇。氣壓騷壇應自詡，晚忽廢詩謝吟侶。一笑讀君攘臂吟，馮婦下車仍搏虎。選婿何來王右軍，微雲山抹幾斜曛。掃除熱惱安心藥，養目莫如無見聞。

階前玉蘭一本，高出檐際，花時輒遭風雨，無歲不然，感賦

庭中有嘉木，二月發瓊枝。名並王者香，質禀璠璵姿。綽約非所本，秀拔乃足奇。童童白雲蓋，習習春風吹。寓目仰彌高，反資鄰里窺。似珊珊珮環，天半來瑶姬。又如梅花賦，神仙姑射肌。惜哉此芳華，開輒爲雨欺。欲落未易落，緣枝傷離披。我因體不適，譏賞辜芳時。歌既缺横竹，酒詎傾金巵。清香蜜餌煎，又復空朵頤。俯視階下草，欣欣得雨滋。嗟彼出塵概，零落增淒其。高華與卑靡，自古判兩歧。君子道已消，小人

長嬉嬉。

寄懷湘佩山右

三晉河山快宦遊，幾生福慧證雙修。暮雲春樹天涯路，緑水紅蕖幕府秋。謂其自爲書啓。詩卷等身吟日下，酒痕回首憶杭州。梅花落盡情無盡，迢遞何能寄隴頭。

初夏同人集朱氏湖莊，滋伯以詩見示，用楊鐵厓《花遊曲》韻，賦此奉答

一春山色常空濛，癡雲不散雨間風。朝暉忽明圖畫裹，急買輕船蕩煙水。亭臺花木稱朱門，柳鬪眉痕榴鬪裙。詞客如仙慚學步，首訂清遊因展墓。謂三月初九日展先兄夢蕉墓。群賢少長得得來，小池緑滿堪流杯。漁唱清於戛銅盌，是日歌滋伯所製《西溪漁唱曲》。新聲玉茗紅牙板。倦鼓殘簫日又西，湖邊雅集漫留題。秋風待倩傳書使，重遊自

三而卜四。安排荷琖碧苔箋，共傾一斗揮百篇。

（輯自咸丰六年評花仙館本《香南雪北廬集》）

散見詩文

《紅豆軒詩》序

余昔與趙君秋舲討論詞學，輒有針芥之投。時采湘女士猶未生也。秋舲有妹歸於汪，即采湘母，常挈采湘居秋舲家。采湘與秋舲之女君蘭爲中表姊妹，女紅之暇，并喜吟詠相倡和，皆秋舲教也。采湘清標玉映，有林下風，賢孝性成，自然好學，名篇秀句，清麗爲鄰，一種温柔敦厚之思溢於言表，想見天寒袖薄，佳人倚竹時也。與余親串往來，互相愛重，許爲閨房中後來之秀。方冀後死定余文者，其在采湘矣，而乃優曇易萎，紫玉成煙。冷翠零膏與遺牋賸墨同封蓋篋，令人不思啓視。其母失此掌珠，涕泗横集，將刊遺藁以傳於世，命其婿許君礪卿介秋舲之子子循，以所著《紅豆軒詩詞》一册示余，請爲删定，并乞弁言。余諾之，以溽暑困人，尚未報也。適魏君滋伯過余，長晝炎蒸，留其茶話。滋伯老於吟事，因出此卷，與之商訂，一日而畢，沙汰十之一二，間有潤色以期完善者。其存詩詞百篇，鏤板以永其傳，采湘於是乎可以不死。惜秋舲已歸道山，不克同爲商訂，九京有知，良足慰藉。獨念采湘抱此清才，盛年凋謝，塵寰小謫，遽歸瑶宫，留此一編，賺余老淚。泚筆爲文，以報其母，其亦可稍紓悲感矣夫。咸豐紀元歲在辛亥七月既望，同里吴藻于香南雪北廬。

（輯自清·汪蘅《紅豆軒詩》卷首）

《翠螺閣詩詞稿》序

自來韻語之作，所以發抒性情，不僅才人有集，抑亦吾輩所不廢，或專事女紅，不暇旁及耳。吾杭爲人才之藪，閨秀代興，日下工詩詞者，皆各梓一篇，若芷沅淩夫人，則其尤者也。所著《翠螺閣詩》數卷，清詞麗語，讀之意銷。其間懷古諸作，沈鬱頓挫，雖鬚眉何多讓焉。所存詞不甚多，深得南宋遺響。惜乎天靳其壽，早年物化，爲可悲矣。其聻丁松生茂才裒遺集既成，來索題詞。予且衰邁，何能更爲韻語，爰書數言歸之。芷沅有知，當勿笑予之疏懶也。時咸豐乙卯春仲，蘋香吴藻書于香南雪北廬。

（輯自清・淩祉媛《翠螺閣詩詞稿》卷首）

《聞見異辭》題詞

山水鍾清淑，文章有典型。看人雙眼白，載筆一燈青。月旦師家法，風流接祖庭。浣薇剛讀罷，雙管想通靈。

（輯自清・許秋垞《聞見異辭》卷首）

爲頤道夫子校《玉笙詞》

也同漁唱伴歸橈，《西溪漁唱》，亦夫子詞名。鵝管參差按綠腰。花影有香春漠漠，月華如水夜迢迢。中郎舊事餘黄絹，太傅新詞付紫綃。三疊臨風誰解和，仙人鐵笛美人簫。

西湖送春

得泛西湖又一回，叩舷高詠過蓬萊。春光燕語鶯啼去，山勢龍飛鳳舞來。是處畫樓垂柳暗，幾家香塚野花開。舊遊陳跡重相訪，紅損雕闌緑上苔。

翠淥園

雲滿樓臺水滿津，闌干十二碧城春。隆中風月真名士，林下煙霞彼美人。卧砌苔碑昏柳是，隔湖花榭暝蘭因。輞川倘問王摩詰，金粟如來是後身。

【校記】

「花榭」，《晚晴簃詩匯》作「花樹」。

碧城仙館雅集詩

十二闌干外，嬋娟幾黛眉。一家仙佛隱，三絶畫書詩。齊瓦香姜閣，秦碑玉女池。碧城新詠在，評泊共燃脂。

秋雪漁莊

蘆絮明寒渚，松陰暗草堂。西溪好煙水，中有此漁莊。築籪營鷗宅，分明種鶴糧。梅花三百樹，晴雪又浮香。

【校記】

「分明」，《晚晴簃詩匯》作「分田」，是。

龍井道中

一徑風篁路，幽泉響石磯。竹林秋筍瘦，苔磵晚花肥。掠雨紅蜻下，銜煙翠羽飛。松花香冉冉，還復點羅衣。

獨遊九溪，坐清涼亭鼓琴。適頤道夫子攜姬人湘玉女史來遊，同憩亭上

紅葉媚清霜，青山薦秋爽。獨遊溪上亭，虛檐四圍敞。春流瀉碧玉，清遊記疇曩。亭前老松樹，蒼顏如更長。援琴發清商，泠泠韻清朗。微風颺林端，静與白雲往。高峰玉女鬟，片石仙人掌。仿佛宗少文，動摻衆山響。杖履從何來，煙霞共俯仰。佳人麗玉顔，百媚清溪蔣。解從山水遊，仙心妙可想。夕陽留小憩，石檻平若榥。溪水倒亭影，圓紋動車輞。澗花紅欲流，林月白微瀁。先生山澤癯，交道太邱廣。品茶泉亦腴，采芝

雲可養。謫仙紫綺裘，坡老鐵拄杖。翠袖散花人，天資瑩殊像。琴畫誰解圖，銖衣陪鶴氅。

奉陪頣道夫子放舟孤山，憩巢居閣

艤棹孤山樹，寒梅漸作花。來登隱君閣，疑到列仙家。詞客崔黄葉，美人萼緑華。鶴雛如解語，來傍曲闌斜。

青黛湖上弔吴宫雙玉祠墓

雙玉者，闔閭女勝玉、夫差女紫玉也。墓久失，頣道夫子爲營坏土鶴磵之西，并建祠塑像，勒文於石。青黛湖，虎邱後山湖名，當即女墳湖也。

湖中水暖魚吹絮，湖邊花發鶯啼樹。吴宫花草久成塵，瞥見吴宫雙玉墓。雙玉復雙玉，玉貌皆嬋嫣。白鶴解舞影化煙，各有寃憤埋黄泉。才人解惜嬋娟子，瘞玉埋香訪遺址。繡襦甲帳寫真形，如向黄泉重唤起。君不見玉波蕩漾雙蓮冷，當年隊長無留影。又不見施夷光，鄭修明。館娃宫圯屧廊盡，蘇臺空有苔花生。玉人如玉年嬌小，争似婷婷雙玉好。離騷哀怨爲招魂，應有碧雲來縹緲。雀扇銖衣好畫圖，千秋金粉重三吴。回首蘭因弔花影，黛湖何似美人湖。

（以上九首輯自《碧城仙館女弟子詩》，西泠印社乙卯七月吴氏聚珍版。按，徐世昌編《晚晴簃詩匯》卷一百八十七收入《青黛湖上弔吴宫雙玉祠墓》《秋雪漁莊》《龍井道中》《翠渌園》四首。）

【附録二】 生平交遊

花簾書屋懷吴蘋香

陳文述

蘋香名藻，錢塘人。高致逸清（情），雅工詞翰，善鼓琴繪事。嘗寫飲酒讀騷小影，作男子裝，自填南北調樂府，極感慨淋漓之致。托名謝絮才，殆不無天壤王郎之感耶？著有《花簾影詞》，自稱玉岑子，余弟子也。

玉情瑶怨渺無儔，曠世嬋娟第一流。金粉難消才子氣，湖山易動美人愁。酒邊疏雨涼生夢，畫裏停雲冷帶秋。惆悵青琴弦上語，花簾影澹水明樓。

（清・陳文述《西泠閨詠》卷十六）

與女弟子吳蘋香書

陳文述

蘋香女弟綺羅《玉茗》，粉黛《金荃》。翠袖生寒，何異佳人在空谷；青衫寫恨，始知名士即傾城。半簾澹月，吟君《花影》新詞；一抹微雲，譜我《蘭因》小集。香名早飲，繡襦兼彩筆之才；艷福難消，絳帳有金釵之彥。詞如珠玉，韻即宫商。此日流珠記曲，共尋按拍之工；他年比玉編詩，待序絃歌之集。

與蘋香第二書

陳文述

匝月武林，更番文醼。綵鸞家世，繡襦邀寫韻之仙；靈鷲樓臺，絳帳問簪花之字。湖山壇坫，相望簾櫳；桃李門墻，最思蘭蕙。别後雲停鳳嶺，雪眺鴛湖。聽風水於霓裳，憶煙霞於翠袖。按流珠之舊曲，語好如珠；誦漱玉之新詞，人嬌似玉。懷人短夢，在暗香疏影之間;展我新詞,增殘月曉風之感。

(清・陳文述《頤道堂集・文鈔》卷十一)

後西湖兩女士詩爲吴蘋香顧螺峰作

陳文述

去年來賦兩女士,湖山傳唱汪琴雲與陳妙雲。汪也畫筆妙絶世,陳也隸法能通神。今年來賦兩女士,閨閣争傳吴與顧。吴也珠玉應宫商,顧也丹青託豪素。君不見香奩詞人推擅場,昔爲漱玉今生香。花簾新製寫瑶怨,妙解北宋追南唐。玉臺畫史凡幾輩,長洲仇與錢唐戴。仇英、戴文進女,皆善畫。金粟維摩顧虎頭,點染生綃傳粉黛。顧也畫物不畫人,破格爲我一寫真。雲鬟翠鈿好顏色,鷗波横笛招停雲。吴也工詞并工曲,解撥哀絲理豪竹。霓裳法曲譜蘭因,花影小樓人似玉。我别西湖二十年,無端又作出山泉。絳紗無恙青山在,惆悵詩禪與畫禪。新詩傳寫三千首,紅粉青山同不朽。那得才人福慧兼,沈吟怨耦還佳耦。一樣青溪兩小姑,嬋娟都住美人湖。倩他玉女生花筆,同寫金釵問字圖

(清・陳文述《頤道堂集・詩選》卷二十二)

留别吴門

陳文述

（「春風桃李群芳譜」句下自注）武林女弟子汪逸珠、許雲林、吴蘋香、顧螺峰、陸湘鬟、李蘋仙、華芸卿、黄蘭卿、蕙卿、家妙雲；吴門女弟子王仲蘭、辛瑟嬋、吴飛卿、孫芙裳、張雲裳、吕静仙、錢蓮緑、家友菊、黄蘭娵、張鳳娵、曹小琴、范湘磬、吴飛容、于蕊生、史琴仙、張蘭香：書畫并擅，一時之秀。

（清・陳文述《頤道堂集・詩選》卷二十二）

余在西湖爲菊香、小青、雲友三女士修墓，并於孤山建蘭因館，女弟子吴蘋香爲填南曲一齣，漢上梨園多吴中名宿，按拍悉皆協律，楚女亦多有歌之者，此詞場佳話也，因題四絶句

陳文述

一卷離騷酒一杯，青山紅粉换妝臺。金釵弟子人如玉，第一嬋娟謝絮才。蘋香自寫

讀騷飲酒男妝小像，自填北新水令一齣，託名謝絮才，江南樂部多被之絃索爨演，比之黄崇嘏。

香徑蘼蕪玉女碑，美人湖上雨絲絲。畫眉啼煞春山路，曾譜花簾絶妙詞。

玉簫聲裏梦如塵，十里紅樓倚好春。湘月初三花十八，家家兒女唱蘭因。

金粉難消罨緑苔，新聲重按紫雲迴。紅牙一樣雙鬟唱，絶勝旗亭畫壁來。

（清·陳文述《頤道堂集·詩選》卷二十五）

湖上雜詩

陳文述

花簾笛譜寫新聲，漱玉生香共此情。我亦西泠舊詞客，月中閒按紫鸞笙。女弟子吴蘋香新刻《花簾詞》告成，余爲作序。

（清·陳文述《頤道堂集·詩選》卷二十八）

聞女弟子吴蘋香屏謝詞華，棲心禪悦，寫經參偈，破究上乘，賦此奉寄

陳文述

畢竟嬋媛有性靈，閉門長日禮金經。閒將貝葉裁箋紙，更以香奩换墨瓶。簾外夜從花影轉，燈前秋帶樹聲聽。讀騷飲酒呼名士，過眼浮雲夢已醒。

（清·陳文述《頤道堂集·戒後詩存》卷九）

女弟子吴蘋香移家南湖，是南宋張功甫玉照堂舊址，小樓三楹，顔曰「虚白清齋」，禮誦，從余問道，並乞命名，因其崇奉和靖先生，名以「來鶴」，侑之以詩

陳文述

南湖喬木尚棲鴉，孤嶼寒梅又作花。桐柏仙人應結伴，余子婦心澈至杭，女士約同禮紫光斗。蓬萊玉女此移家。靈飛字密書黄籙，清梵聲遲度碧紗。雲篆爲君署來鶴，他年

翀舉入煙霞。

（清・陳文述《頤道堂集・戒後詩存》卷十）

孝慧汪宜人傳(節録)

陳文述

余女弟子中，若吴飛卿、張雲裳、吴蘋香、陳靈簫，并通環珮之好。……至昔聯詩社，今證道緣者，在吴則靈簫，在杭則蘋香，桂苑講仙，蹤跡尤密。蘋香所居在南湖，爲南宋張公甫玉照堂故址。宜人至杭，恒過從，相約登虚白樓禮懺。蘋香奉宋處士林和靖先生爲本師，宜人爲撰先生寶誥寄之。

（清・汪端《自然好學齋詩鈔》卷首）

題頤道堂集

齊彦槐

漫誇秋菊與春松，貧女梳粧不解濃。搔癢豈能供杜牧，嗜痂何意遇劉邕。愁深故國霜前雁，夢醒寒山夜半鐘。羡煞碧城詩弟子，買絲争欲繡元龍。

君女弟子極盛。如大原辛瑟嬋，金壇吴飛卿、于蕊生、史琴仙，祁門張鳳卿，蒙城張雲裳，白門孫芙裳、陳友菊，吴門曹小琴、吴飛容、錢蓮緑、黄蘭卿、蕙卿，梁溪華芸卿，粤東黄耕畹，錢塘汪逸珠、顧螺峰、吴蘋香、陳妙雲，皆執贄門下，稱碧城弟子。

（清·陳文述《頤道堂集·詩選》卷二十一附）

減字木蘭花

魏謙升

蘋香女兄至小園看秋色，今第三年矣，賦此代閨人贈

去年此日。竹影池亭同看月。城鑰催人。歸路梅東照玉輪。　今年秋九。重對黄花開笑口。願祝年年。長聚西風采菊天。

（清·魏謙升《翠浮閣詞二集》）

題蘋香女史《采藥圖》

汪　端

東風吹緑巖，澹學修蛾色。紫芝春始生，瑶草秀堪摘。美人課雙鬟，幽尋入蘿薜。筠籃貯靈荄，鴉嘴劚深碧。輞川老畫師，尺素摹娩爐。初疑慕玉姜，超舉麗羽翮。詎知嬋嫣姿，志行比金石。姑昔嬰沈疴，憂心廢寢食。不惜玉雪膚，杯羹晉靈液。真宰無定權，惟恃一誠格。牀簀起姑患，里閭誦婦德。嗟余失怙恃，髫齡悲罔極。八載事舅姑，視余猶弱息。姑衰體多病，媿未嫻婦職。中饋拙餴饎，夜窗曠組織。披圖起遐慕，愿訪宣文宅。楞伽嵐翠深，天平雲影白。采藥延親年，相從躡仙跡。

（清・汪端《自然好學齋詩鈔》卷三）

題西泠女士吴蘋香《飲酒讀騷圖》小影

汪　端

蜀國黄崇嘏，唐宫宋若莘。美人原灑落，詞客最酸辛。修竹難醫俗，芳蘭不媚春。

江潭寫秋怨，憔悴楚靈均。

蘋香來吴，寓居虎山，賦此寄贈（二首）

汪　端

紅牙低拍奈愁何，窈窕湘人帶女蘿。簫弄湖煙曹比玉，歌傳澗雪李真多。白雲留影裁紈素，空翠無聲染黛螺。最憶畫樓高詠夜，澹黄新月漾簾波。

暫别西泠萬樹梅，虎山橋畔鈿車來。工愁善病憐余瘦，弔夢歌離羨爾才。春雨桃花紅照水，晚風楊柳緑眠苔。何時甲帳遲青鳥，一卷離騷酒一杯。

題范湘磬女士畫紈扇美人贈蘋香

汪　端

仙袂春寒颺藕絲，美人心事落花知。冰紈不撲雙飛蝶，好寫新填柳絮詞。

送蘋香歸錢塘并寄雲裳（二首録一）

汪　端

風絮雲萍感未忘，煙江別恨綰垂楊。壓船書畫君歸櫂，入夢湖山我故鄉。高樹池臺河影轉，晚花庭院月華涼。愁過聽雨眠琴地，新燕香泥舊杏梁。君嘗客雲裳纖雲仙館。

蘋香以詞見寄，賦此答之

汪　端

密字珍珠寄數行，河梁話別最難忘。梅邊吹笛疏香閣，月底修簫玉茗堂。花影橫階蛩咽露，秋聲到枕雁啼霜。西泠放鶴遲前約，一榻茶煙夢故鄉。余今秋擬還武林，因病不果。

（清·汪端《自然好學齋詩鈔》卷五）

得蘋香姊書，并讀見寄新詞數闋，有哀猿冷雁之音，感采葛折梅之意，挑燈賦答，撲筆泫然（二首）

汪　端

芝焚蕙嘆感靈修，一往瑶情似水柔。新柳横塘思畫舫，早梅孤嶼夢朱樓。花原稱意偏逢雨，鳥是長離總帶愁。讀罷纏綿金縷曲，燈殘香炧夜如秋。

藥爐經卷病生涯，自答魚箋潘墨斜。畫荻帷中聊課子，牽船岸上暫爲家。衣蘿山鬼棲寒竹，拾翠湘娥惜晚花。悵望漢臯雲影白，椿庭吟鬢點霜華。

（清・汪端《自然好學齋詩鈔》卷七）

三潭蒓和吴蘋香姊

汪　端

小紅橋外白鷗邊，夾岸桃花照水妍。釵股碧牽雙槳雨，鏡奩晴漾一湖煙。下來鹽豉冰絲滑，瀹出羹湯翠釜鮮。我近鱸魚亭畔住，三潭明月夢歸船。

（清·汪端《自然好學齋詩鈔》卷十）

蘋香姊移居南湖，宋張功甫玉照堂遺址也，修竹古梅，清曠殊絶，近乃潛心元學，禮誦精勤，余旋里過之，論道甚契，值吕祖誕辰，相與禮懺於虚白樓，賦詩記事（二首）

汪端

玉照堂前玉女家，讀騷飲酒舊生涯。導師高隱林和靖，君爲林真人和靖弟子。真侣飛仙萼緑華。黄鶴招來天外月，家翁贈字曰來鶴，龍門第十三輩也。紫鸞嘯破海東霞。與君閬苑曾相識，共約春山掃落花。

鵲罏香篆翠氤氲，水閣風清梵響聞。昔伴吹簫曹比玉，新偕擊磬范成君。洞庭湖上三更月，金蓋山中一片雲。他日女真仙院去，吕祖有女真仙院二十八所，見《心印經》。妙經心印諷斜曛。

夜坐與蘋香論畫，次首賦呈松壺舅氏於野鷗莊（二首録一）

汪　端

妙解詩禪通畫理，一編消夏仿江村。山平水遠閒中悟，茶熟香温静裏論。竹砌微風疏有韻，花簾斜月澹無痕。西泠儻訪壺公宅，萬壑松濤畫掩門。

題暖姝夫人修梅小影（二首録一）

汪　端

闌外鶴雛閒啄雪，花間鳳子冷尋香。故鄉我有同心侣，和靖仙人弟子行。謂蘋香

（清・汪端《自然好學齋詩鈔》卷十）

春分前一日梁楚生太夫人暨許雲林、鮑玉士女史偕看盆梅，兼聽吴蘋香、黄穎卿二夫人鼓琴，即席口占（二首）

沈善寶

白石青瓷次第排，此花端合植瑶臺。霏微香雪横斜影，引得仙姝聯袂來。

高山流水美人心，纖手揮來意更深。絃外梅花如雨落，慚無新句和清音。

秋日感懷（十五首録一）

沈善寶

領略宣文白雪詩，幸隨月姊侍西施。同社諸彦咸集雲林姊宅中，梁楚生太夫人首倡夜來香、鸚鵡詩命和。烏絲翠帙瑶珠草，席怡珊夫人著有《瑶草珠華閣詩集》。碧串紅牙漱玉詞。吴蘋香姊著有《花簾詞藁》。江夏無雙唐博士，謂黄穎卿夫人。金閨第一漢班姬。謂鮑玉士夫人。同岑更喜同聲應，項緹卿、吴茝香兩夫人兼善詞畫。愧我尖叉步韻遲。

（清·沈善寶《鴻雪樓詩選初集》卷四）

入都留別吴蘋香鮑玉士（二首）

沈善寶

桂花庭院絶纖塵，主是嫦娥客玉真。知己喜聯文酒會，相逢況有散花人。時飲蘋香齋中，魏暖姝攜花後至。

秋風江上促行舟，一曲驪歌萬縷愁。雪北香南回首處，蘋香齋名香南雪北之廬。月明有夢返杭州。

令暉佳句宛如仙，何事愁吟贈别篇。時題拙集。今日匆匆一樽酒，蓮紅水緑思無邊。時西湖秋蓮正盛。

雪夜寄懷蘋香玉士用留别原韻（三首録一）

沈善寶

西湖幾度泛扁舟，飛盞聯吟浣俗愁。花影一簾人絶世，教儂能不憶杭州。

（清·沈善寶《鴻雪樓詩選初集》卷五）

尺五莊觀蓮索雲林和（四首録一）

沈善寶

故鄉一别欲經年，曾向西湖弔水仙。緑意紅情相對處，詩人風貌尚依然。懷蘋香。

（清·沈善寶《鴻雪樓詩選初集》卷六）

除夕用蘋香庚戌除夕原韻即寄蘋香

沈善寶

炮竹聲中雜管絃，鄉心棖觸不成眠。論文記縱談天口，覓句如争下水船。柏酒又傾憐異地，椒盤重聚定何年。遥思剪燭忘言坐，應有新詩續舊篇。

（清·沈善寶《鴻雪樓詩選初集》卷十四）

歲朝三日對雪同蘋香聯句

沈善寶

雪兆豐年瑞，寒梅未著花。草堂人日近，蘋香松徑玉塵加。君譜陽春曲，湘佩儂留白鹿車。山陰休訪戴，蘋香。湘佩欲往戴家河許夫人處，余止之。分韻鬥尖叉。湘佩

雪窗寒甚蘋香疊前韻即奉答

沈善寶

新詞歌白雪，雅頌製椒花。不畏寒威重，全憑酒力加。凍雲凝古樹，溼徑滯歸車。脱口皆佳句，何慚温八叉。

暖姝約皋亭看梅，蘋香以詩代柬，仍疊前韻依次奉答

沈善寶

探梅勞遠約，新句韻於花。香雪煙波遠，春風詩思加。同過仙子宅，並借美人車。暖姝代備笋輿。浣露頻吟諷，湘簾上翠叉。

探梅有約，風雨通宵，枕上疊前韻

沈善寶

聽徹蕭蕭雨，高檠暗結花。頓教遊興減，不覺峭寒加。水氣侵書幌，山靈謝客車。遥知雙翠羽，惆悵立梅叉。

皋亭探梅口占呈蘋香、暖姝

沈善寶

天爲催詩雨，詩成雨竟晴。笋輿同出郭，玉蝶乍舒英。漠漠春陰散，溶溶溪水生。

吟節與肴核，深感主人情。

仲春朔日和蘋香贈别作，用探梅韻並留别杭城諸姊妹

沈善寶

聽罷陽關日欲斜，賓鴻歸去我辭家。魂銷南浦三篙水，夢繞西湖萬樹花。不盡餘情期後會，願教努力惜芳華。中年容易傷哀樂，莫使星霜上鬢鴉。

和蘋香見懷原韻（四首）

沈善寶

同聲喜相應，不負放歸舟。古調絶凡響，雄詞據上流。杯盤入新歲，蘭杜集芳洲。良會殊非俗，知能再寄不。

一片天邊月，清輝千里同。鵲橋方待駕，雁字落遥空。時函至於七夕。瓜冷浮圓碧，蓮香膩淺紅。七襄如玉札，雲錦映簾櫳。

回首曲江曲,春湖正下塘。看花青雀舫,聽雨白鷗鄉。故國遠天漢,離懷入渺茫。多君足文彩,賦筆冠詞場。

嬌癡憐弱女,一樣感天涯。自拜青綾幛,深欽彤管華。故人索詞草,遠信卜燈花。最憶探梅路,柔桑減緑叉。

立秋日疊前韻寄蘋香(四首)

沈善寶

鎮日跏趺坐,如乘太乙舟。時足疾,敷以蓮瓣。自從人北至,不覺火西流。松菊荒三徑,湖山渺十洲。分襟將半載,吟興近佳不。

記住清虛府,琴圳日夕同。詞源三峽倒,塵慮一時空。春茗分眉緑,寒花映頰紅。離情托明月,爲我照珠櫳。

名花比名媛，十子冠泉唐。君嘗以名花十種比西泠閨友十人。各有名榮世，無如半遠鄉。

關山惜修阻，雲樹望蒼茫。清福皆輸子，優遊翰墨場。

五字故人意，深情詎有涯。非徒工筆札，猶復盛詞華。憶我詩書畫，思君雪月花。「雪月花時最憶君」，香山句也。更煩伐桂斧，一爲削歧叉。君又號修月子。

（清・沈善寶《鴻雪樓詩選初集》卷十五）

冬至前三日寄蘋香

沈善寶

晴陰渾不定，昨歲正今朝。繡檻日方麗，朱檐雨又飄。裁箋添逸興，對月坐清宵。忽忽天涯隔，離懷未易銷。

倦尋芳

周暖姝夫人招吴蘋香暨余集大滌山房，登致爽臺眺望湖上諸山，即席賦謝

陸　蒨

畫堂開處，杯泛紅霞，卻好晴晝。握手論心，座上春風親授。更閒行，抄幽徑，緑陰如水涼衣袖。太匆匆，嘆十年塵夢，青山依舊。　忽地覺、煩襟洗盡，詩思添濃，人意銷透。只怪斜陽，紅上眉棱催走。重把西谿期後約，瓜皮艇子招漁婦。夫人自號西溪漁婦。問人生，這清狂，幾番消受。

（清・陸蒨《倩影樓遺稿・詞》）

贈吴蘋香女士藻（二首）

蔣　坦

鳳髻螺鬟擁翠翹，十年清福病中銷。酒杯邀月添珠淚，花海停琴送暮潮。司篋蠹魚灰换劫，抱裙胡蝶夢爲妖。異時許下青綾拜，不睹雲容已倖傲。

粱黄槐緑夢成塵，柳絮蘭根悵夙因。弄玉吹簫雲舞袖，飛瓊乘輦羽爲輪。朱樓翠幕初禪界，紅粉烏紗一笑春。女士喜作男子裝。零落碧城詩弟子，瓣香猶憶拜陳遵。女士爲陳雲伯先生高弟。

（清·蔣坦《花天月地吟》卷六）

績溪程竹庵茂才秉釗避地通州劉橋，訪余石港場，長歌題《劫餘吟》，作詩贈之

齊學裘

老顛來此一年餘，終日閉門惟讀書。寒蟬不識流離慘，聲聲聒耳鳴朝晡。跫然足音聞輒喜，過訪魚灣竹庵子。同是天涯避地人，相逢況復是桑梓。竹庵生年二十五，作詩祇服李與杜。長篇贈我千餘言，氣如長虹力如虎。拙詩亂後多危苦，爲人稱道新樂府。承君題我劫餘吟，一唱三嘆何悽楚。君陷錢塘我陷吴，入險出險皆殊途。避地崇州先我到，萍蹤適合笑相呼。君思和靖喪梅鶴，我恨蘇臺走麋鹿。風流雲散皆休談，彙帖叢書供一讀。時以舊刻《彙帖叢書》、古畫示竹庵。可憐闤闠老詞人，竹庵以吴蘋香《香南雪

北詞》見示，蘋香不知處所。也與吾儕共淪落。……

（清・齊學裘《劫餘詩選》卷二）

南歌子

張應昌

偶存吴蘋香女史舊贈詞箋，追憶昔年香雪廬館雅集，未幾皆罹劫難，女史兄弟并亡，感次元韻

雅集紛絲管，仙音疊羽霓。罡風吹去返瑶池。悽絶當年燕子獨飛歸。　山水今非舊，煙霞昔總宜。紅牙銀管譜新詞。雪北香南如夢記談詩。　蘋香、芷香兄弟并工度曲製譜，以宋人詞譜歌之絶妙，余與滋伯詞并付歌板。

【附吴藻原唱】瑟瑟香霏雪，泠泠曲詠霓。梅丸風掠墮平池。恰好緑陰如幄送春歸。　秀句傳三影，明妝説兩宜。水樓記唱少年詞。今日花間啜茗更絃詩。

（清・張應昌《煙波漁唱》卷三《續詞鈔》）

【附録二】 傳序跋提要

吴藻傳

女吴氏，名藻，字蘋香，叶里人。父葆真，字輔吾，向在浙江杭州典業生理，遂僑於浙。故字女於錢塘縣望平村許振清爲妻，年十九而寡。矢志守節，才名藻於京師。記其題《名姝百詠》詞一首，調寄《喝火令》，詞云：「蘭氣吹煙細，檀心運想靈。名花傾國詠雙成。定向茜紗窗底，細膩寫吴綾。　百種風華擅，千秋月旦評。花仙歷劫下蓉城。累我低吟，吟到月高升。累我月高升處，懷想對紅燈。」

（民國《黟縣四志》卷八「才女」）

吳藻

字蘋香，仁和人，同邑黃某室。有《花簾詞》《香南雪北廬詞》。

（清・黃燮清《國朝詞綜續編》卷二十四）

《香雪廬詞》敍

夫漵女嬃之碪，霜淒鄂渚；鼓湘靈之瑟，木落洞庭。仰浮雲而永嘆，折芳馨其已暮。姱節自好，臨風浩歌。若蘋香夫人者，其九疑之若英，三閭之苗裔乎？幼好奇服，崇蘭是紉。中更離憂，幽篁獨處。山阿窈窕，睇女蘿而驚心；漵浦儃佪，登白蘋以騁望。紛其内美，芳在余情。警申旦之鶡雞，感先春之鶗鴂。佩之寶璐，緩節安歌；駟彼玉虬，揚靈叩響。詞之作也，僕有概焉。夫其蘭膏明燭，珍惜餘暉；玉瑱采衣，屏除綺飾。塊獨守而無澤，哀此生之多艱。激楚《發荷》之章，愁苦《采菱》之曲。湛湛江水，渺矣靈修；冉冉春華，玩此芳草。長吟自適，既老不衰。可謂漱微液於飛泉，拾美珵於縣圃矣。遭時不靖，去鄉離家。蝮蓁蓁其噬人，鳳皇皇其失所。白蜺嬰茀，涷雨冥寒。葺芷焉居，采薇何佑。玉玦捐而莫佩，黄鐘毁而不鳴。增城十重，頓掩桂旗之色；疏麻一握，尚發瑶華之馨。從孫黄君質文，搜蘭畹之賸枝，揚荃橈之餘馥。靈芬未沫，奇璜益珍。緝彼蕙纕，揳同梓瑟。傳芭代舞，雲車莫召夫巫陽；擊節抗聲，郢曲新翻夫《白雪》。錢塘張景祁撰。

（通行《花簾詞》《香南雪北詞》合刊本卷首）

《華簾詞鈔》跋

余十四齡時從仁和高龔甫先生讀，案頭見吴蘋香女士所著《華簾詞》一册，愛不釋手。先生故工詞，乃示以填詞法，並此册授之。後二十餘年，敬刊先曾王母顧太淑人《緑梅影樓詩詞遺稿》，別録填詞圖題詞於卷首，則女士所題《洞仙歌》一闋，固與册載無殊，而密字珍珠，楷法工秀，尤可寶貴。按，梁晉竹孝廉《兩般秋雨盦隨筆》謂女士父夫兩家俱業賈，無讀書者，女士獨翹秀。初好讀詞曲，或勸以何不自作，遂援筆成《浪淘沙》詞，湖上名流傳誦殆遍。自是肆力於長短句，不二年，著《華簾詞》一卷，逼真漱玉遺音云。今册中第一闋《浪淘沙》，信爲開始之作。特統觀全册，題贈既夥，歷境亦多，不類一二年中所卒業，蓋《隨筆》極言其成集之速而飲名之蚤耳。余於近十年來吳郡、杭州，新詩舊酒，宦跡時淹，獲重侍先生，而白頭師弟，俱傷遲暮。迨辛亥秋，滄桑一變，拋去西湖，無由再立程門雪矣。偶檢舊笥，重讀此詞，可勝感喟。因係鈔本，恐遂散佚，爰付聚珍排印，以廣其傳，並誌師門之誼云爾。甲寅春仲，梁溪希逸居士。

（清鈔本《華簾詞鈔》卷尾）

【校記】

按，楊志濂，字筱荔，號評蓮，晚號希逸，江蘇無錫人。

《香南雪北廬集》跋

余既選同里吳蘋香女史詞入十家詞彙，復得其古近體詩七十五首，爲女史手鈔存本。清瘦肖菊，芳馨擷蘭，神雋而華，味淡以永，卷帙雖窄，皆粹美之作，閨閣此才，實爲天縱。因排字印百册，並附其未刻詞十七闋於後。印既成，質之香雪廬主人，當不以財奴謀利詈予也。柔兆執徐辜月錢唐金繩武識。

《花簾詞》《香南雪北詞》提要

《花簾詞》《香南雪北詞》各一卷。附《林下雅音集》本。

清吴藻撰。吴藻，字蘋香，自稱玉岑子，浙江錢塘人，爲碧城仙館女弟子。善填詞，尤精音律，緝商綴羽，不失分刌。嘗寫《飲酒讀騷圖》，自製樂府，名曰《喬影》，吴中好事者被之管絃，一時傳唱。歸同邑黄某爲室。《兩般秋雨盦筆記》謂其父、夫俱業賈，兩家無一讀書者。吴藻喜與文士往來，自顔所居曰「花簾書屋」。道光九年己丑，自訂詞集曰《花簾詞》，陳頤道、趙秋舲爲之序而刊之。其後移家南湖，潛心奉道，自顔其室曰「香南雪北廬」。道光二十四年甲辰，輯其未刊餘稿，剞劂成書，曰《香南雪北詞》，仍從其居室之名也。是編爲如皋冒俊爲之重行校刊,以入《林下雅音集》者也。都分二册,《花簾詞》首張景祁、陳文述、魏謙升、趙慶熺諸序,次吴藻略傳及《秋雪漁莊》詩一首,爲冒氏輯自《國朝正雅集》者。以下《花簾詞》一卷,計小令一百七十餘闋。《香南雪北詞》首吴藻自序,次《香南雪北詞》一卷,計存小令一百二十餘闋,末附樂府,首小序,次南北仙吕入雙角合套,次南南吕一套,次南仙吕入雙調一套,次南南吕一套,次南越調一套,共存四套。按吴藻之詞,於有清一代女詞人中罕見其儔。蓋詞本管絃之音,吴藻精通音律,故其所作聲律並佳,清切婉麗,旖旎近情。其詞之佳者,則妙脱蹊境,迥出慧心,不流於冶蕩之音。《兩般秋雨盦筆記》謂爲夙世書仙,《寄心盦詩話》謂其填詞則有玉田、碧山之妙云云,斯説以論吴藻,誠非虚譽耳。

(《續修四庫全書總目提要》影印稿本第二十一册)

【附録三】 題詞集評

讀吴蘋香夫人《花簾詞稿》

緑窗耽翰墨，閨閣少知音。不道梅花裏，傳來柳絮吟。歌真高白雪，品欲重南金。從此闌干畔，臨風思不禁。

（清・沈善寶《鴻雪樓詩選初集》卷一）

滿江紅

題吴蘋香夫人《花簾詞稿》

續史才華，掃除盡、脂香粉膩。記當日、一編目睹，四年心思。殘月曉風何足道，碧雲紅藕渾難比。問神仙、底事謫塵寰，聊遊戲。　寫不盡，離騷意。銷不盡，英雄氣。僅緑箋恨托，紅牙興寄。浣露回環吟未了，瓣香私淑情難置。倘金針、許度碧紗前，當修贄。

（清・沈善寶《鴻雪樓詞》）

金縷曲

題《花簾詞》寄吴蘋香女士用本集中韻

何幸聞名早。愛春蠶、纏綿作繭，絲絲縈繞。織就七襄天孫錦，綵綫金針都掃。隔千里、繫人懷抱。欲見無由緣分淺，況卿乎與我年將老。莫辜負，好才調。　落花流水難猜料。正無妨、冰絃寫怨，雲箋起草。有美人兮倚修竹，何日輕舟來到。嘆空谷、知音偏少。只有鶯花堪適興，對湖光山色舒長嘯。願寄我，近來稾。

（清・顧春《東海漁歌》卷一）

一叢花

題湘佩《鴻雪樓詞選》

雪泥鴻瓜舊遊蹤。南北任飄蓬。花簾昔有吟詩侶，謂吴蘋香女士。喜天遊、邂逅初逢。彩筆一支，新詩千首，名重澥西東。　哀而不怒宛從容。珠玉粲玲瓏。鴛鴦繡了從君看，度金針、滅盡裁縫。大塊文章，清奇格調，不減古人風。

（清·顧春《東海漁歌》卷四）

名媛詩話

吾鄉多閨秀，往者指不勝屈，近如梁楚生太夫人德繩及長女許雲林延礽、次女雲姜延錦、項屝山紃、項祖香紉、汪小韞端、吴蘋香藻、黄蕉卿巽、黄顥卿履、鮑玉士靚、龔瑟君自璋，諸君詩文字畫，各臻神妙。

吴蘋香最工倚聲，著有《花簾詞稿》行世，詩不多作，偶一吟詠，超妙絶塵。丁酉秋仲，知余欲北行，約玉士餞於香南雪北廬。蘋香室名。時晚桂盛開，周暖姝攜花適至，蘋香即留共飲，四人縱談今古，相得甚歡。余即席走筆留别三章云：「桂花庭院絶纖塵，主是嫦娥客玉真。知己喜聯文酒會，相逢況有散花人。」「秋風江上促行舟，一曲驪歌萬縷愁。雪北香南回首處，月明有夢近杭州。」「令暉佳句宛如仙，何事愁吟贈别篇。此日匆匆一尊酒，蓮紅水緑思無邊。」蘋香、玉士、暖姝皆爲黯然，各有贐贈，卻之不得。次日，蘋香和章至，云：「寒梅高格出風塵，一笑相逢愛性真。（原注：余晤君於夏氏園看盆梅，一見傾心，遂成莫逆。）多少西泠名媛作，環花閣外更何人。（原注：吾杭閨秀除汪小韞外，無出君右者，環花閣，小韞齋名。）」「懶上河梁送客舟，淡煙衰柳黯然愁。故人知我長相憶，夢繞燕雲十六州。」「半生歷劫似飛仙，辜負才華賦茗篇。此去油窗花户裏，離愁莫更到吟邊。」後玉士寄和云：「襟懷冰雪迥超塵，雅愛論交意率真。愁絶花簾相對處，西風應念遠遊人。」「如水離情逐去舟，秋光滿眼只添愁。軟紅十丈春明路，又見才名動帝州。」「游戲原知屬散仙，河山壯麗入新篇。故園縱有琴尊樂，别恨無由寄日邊。」暖姝寄和云：「沉寥晴宇四無塵，休擲重陽語最真。（原注：重九日小園致爽臺登高，東坡云：寒食、重九，不可虛擲。）屋上青山下流水，登高還憶北行人。」「茱萸且自酌瑶舟，登眺家園不散愁。差勝當年陶潛與孟嘉，陸沈空復感神州。」「鮑令暉同吴絳仙，沈雲英去贈詞篇。今朝望遠增惆悵，忽動離懷到酒邊。」暖姝爲錢唐魏滋伯廣文謙升繼室。

吴蘋香《花簾詞稿》刊行已久，曾爲余書横披《湖上春暮》四闋，尚未付梓。近聞奉道甚虔，懺除綺語，亟録於此。《點絳脣》云：「二月春寒，放船河暮西泠去。垂楊縷縷。未是藏鶯處。　撲面尖風，不許吴儂住。無情緒。讓他鷗侶。自作湖山主。」《蝶戀花》云：「石磴穿雲修竹繞。未到羅浮，只説西泠好。眷屬神仙春不老，玉龍呼起耕瑶草。　試向初陽臺上眺。日月跳丸，擾擾紅塵道。鶴夢千年迷翠窈。香泥何處尋丹竈。」《浪淘沙》云：「徑曲石闌空。窗户玲瓏。試香池館費春工。吹落梅花殘照裏，撲面東風。　點屧響弓弓。懶去移篷。湖光只隔一墻紅。卻被青山濃笑我，枉作吴儂。」《生查子》云：「閒中秀句多，靜裏塵襟少。泉石助琴材，清響琅然好。　臨水卷書帷，隔竹支茶竈。幽緑一壺寒，添入詩人料。」清老無塵，造詣益進。蘋香《消夏詞》十章，頗能描摹真景，余與玉士和之。

（清·沈善寶《名媛詩話》卷六）

兩般秋雨盦隨筆

吴蘋香女史，初好讀詞曲，或勸之曰：「何不自作？」遂援筆賦《浪淘沙》一闋（詞略），輕圓柔脆，脱口如生，一時湖上名流，傳誦殆遍。自後遂肆力長短句，不二年，著《花簾詞》一卷，逼真《漱玉》遺音。……蘋香父夫俱業賈，兩家無一讀書者，而獨呈翹秀，真夙世書仙也。又嘗作《飲酒讀騷》長曲一套，因繪爲圖，己作文士妝束，蓋寓速變男兒之意，余爲題圖有句云：「南朝幕府黄崇嘏，北宋詞宗李易安。」蓋非虚譽也。

（清·梁紹壬《兩般秋雨盦隨筆》卷二）

國朝詞綜續編

女士工詩，嫻音律，尤嗜倚聲。初刻《花簾詞》，豪俊敏妙，兼而有之。續刻《香南雪北詞》，以清微婉約爲宗，亦久而愈醇也。嘗與研訂詞學，輒多慧解創論，時下名流，往往不逮。其名噪大江南北，信不誣也。

（清・黄燮清《國朝詞綜續編》卷二十四）

歷代畫史彙傳

吴藻，字蘋香，自號玉岑子，錢塘人。高致逸情，精繪事，工詞翰，善鼓琴。每飲酒，讀《離騷》，小影作男子裝，自填南北調樂府，極感慨淋漓之致。託名謝絮才，殆不無天壤王郎之感耶？著有《花簾影詞》。《西泠閨詠》

（清・彭藴璨《歷代畫史彙傳》卷六十七）

履園叢話

吴藻，字蘋香，仁和人。著有《蘋香詞》，長短調俱絶妙，實今之李易安也。記其有《虞美人》二闋云：「風漪八尺玲瓏展。午睡何曾慣。自煎湯藥倦攤書。長日如年强半病消除。　绿沈瓜是清涼飲。熱惱須臾盡。斜陽偏到小窗紅。争得階前添種碧梧桐。」「曉窗睡起簾初卷。十指寒如剪。昨宵疏雨昨宵風。無數海棠摇得可憐紅。　分明人也因花病。幾度慵看鏡。日高猶是不梳頭。只聽喃喃燕子話春愁。」《清平樂》二首云：「一庭苦雨，送了秋歸去。只有詩情無着處。散入碧雲紅樹。　黄昏月冷煙愁。湘簾不下銀鈎。今夜夢隨風度，忍寒飛上瓊樓。」「彎彎月子，偏照深閨裏。病骨闌珊扶不起。衹把紗窗深閉。　幾家銀燭金荷。幾人檀板笙歌。一樣黄昏院落，傷心誰似儂多。」可想見其心事矣。蘋香尤多穎悟，心境甚達，記其《金縷曲》後半首云：「心情漸覺今非昨。看庭前、殘紅滿地，又添離索。狼藉胭脂香粉散，多半隔宵風惡。

因悟到、人生榮落。回首繁華原若夢，再休提，我命如花薄。茵與溷，偶然錯。」讀之令人下淚。

（清・錢泳《履園叢話》卷二十四）

碧城仙館女弟子詩

吳蘋香《花簾書屋詩》

名藻，錢塘人。秦女吹簫，湘靈鼓瑟。采鸞甲帳，亦精音律。痛飲讀騷，希蹤靈均。前生名士，今生美人。

（西泠印社聚珍版《碧城仙館女弟子詩》）

聽秋聲館詞話

仁和吳蘋香藻《浪淘沙》云：「簾外一重窗。窗外回廊。斷無人處斷人腸。閒殺玉階明月影,分外淒涼。舊夢冷池塘。秋草都黄。芙蓉庭院又經霜。潮落潮生芳信阻,水遠山長。」(清·丁紹儀《聽秋聲館詞話》卷十九)

左庵詞話

吴蘋香女史《祝英臺近·詠影》云:「曲欄低,深院鎖。人晚倦梳裹。恨海茫茫,已覺此身墮。那堪多事青燈,黄昏纔到,又添上、影兒一箇。最無那。縱然著意憐卿,卿不解憐我。怎又書窗,依依伴行坐。算來驅去應難,避時尚易,索掩卻、繡幃推卧。」《如夢令》云:「燕子未隨春去。飛入繡簾深處。軟語話多時,莫是要和儂住。延佇。延佇。含笑回他不許。」故作癡情語,卻妙。(清·李佳《左庵詞話》卷上)

白雨齋詞話

國朝閨秀工詞者，自以徐湘蘋爲第一，李紉蘭、吴蘋香等相去甚遠。吴蘋香《浪淘沙》云：「蓮漏正迢迢。涼館燈挑。畫屏秋冷一枝簫。真箇曲終人不見，月轉花梢。　何處暮砧敲。黯黯魂消。斷腸詩句可憐宵。欲向枕痕尋舊夢，夢也無聊。」此亦郭頻伽、楊荔裳流亞，韻味淺薄，語句輕圓。所謂隔壁聽之，鏗鏘鼓舞者也。蘋香詞可取者如《河傳》云：「春睡。剛起。自兜鞋。立近東風費猜。繡簾欲鈎人不來。徘徊。海棠開未開。　料得曉寒如此重。煙雨凍。一定留香夢。甚繁華。故遲些。輸他。碧桃容易花。」自寫愁怨之作，宛轉合拍，意味深長。

蘋香《祝英臺近·詠影》云：「曲欄低，深院鎖。人晚倦梳裹。恨海茫茫，已覺此身墮。那堪多事青燈，黄昏纔到，又添上、影兒一箇。　最無那。縱然著意憐卿，卿不解憐我。怎又書窗，依依伴行坐。算來驅去應難，避時尚易，索掩卻、繡幃推卧。」蘋香父夫俱業賈，兩家無一讀書者，而獨呈翹秀，殆有夙慧也。詞意不能無怨，然其情亦可哀也。

（清·陳廷焯《白雨齋詞話》卷五）

雙卿詞怨而不怒，可感可泣；吴蘋香則怨而怒矣，詞不逮雙卿，其情之可憫則一也。

（清·陳廷焯《白雨齋詞話》卷七）

詞徵

閨秀吴蘋香藻詞，如眉樓小影，曼睩騰波。仁和人，有《花簾詞》《香南雪北詞》。蘋香詞，緝商綴羽，不失分寸。嘗寫《飲酒讀騷圖》，自製樂府，名曰《喬影》，吴中好事者被之管絃，一時傳唱，遂遍大江南北。倚聲之外，不廢吟詠，有《和王仲瞿西楚霸王墓》二律，其警句云：「青史但援成敗例，白雲長作古今愁。」「美人報主名先得，功狗邀封悔已多。」皆可誦也。

（清·張德瀛《詞徵》卷六）

近詞叢話

吴蘋香女史，初好讀詞曲，後乃自作，亦復駸駸入古。錢塘梁應來題其《速變男兒圖》有句云：「南朝幕府黄崇嘏，北宋詞宗李易安。」非虚譽也。著有《花簾詞》一卷，逼真漱玉遺音。其《祝英臺・詠影》云……。女史父夫皆業賈，無一讀書者，而獨工倚聲，真夙世書仙也。

（徐珂《近詞叢話》）

蕙風詞話續編

潞府妙勝臻禪師，僧問：「金粟如來爲甚麼卻降釋迦會裏？」師曰：「香山南，雪山北。」閨秀吴蘋香藻詞名「香南雪北」，本此。

（況周頤《蕙風詞話續編》卷二）

清代閨秀詩話

清代閨秀之工填詞者，清初推徐湘蘋，嘉道間推顧太清、吴蘋香。湘蘋以深穩勝，太清以高曠勝，蘋香以博雅勝，卓然爲三大家。蘋香初好詞曲，後兼肆力於詩。父與夫皆業賈，兩家無一讀書者，而獨見秀異，殆由夙慧。著有《花簾書屋詩詞》，集中有《青黛湖上弔吴宫雙玉祠墓》詩，原敍云：「雙玉者，吴王闔閭女勝玉，夫差女紫玉也。墓久圮，陳頤道夫子爲營坏土鶴澗之西，并建祠塑像，勒文于石。青黛湖者，在虎邱後山，即女墳湖也。」詩云：「湖中水暖魚吹絮，湖邊花發鶯啼樹。吴宫花草久成塵，重見吴宫雙玉墓。才人解惜嬋娟子，瘞玉埋香訪遺址。繡襦甲帳寫真形，芳魂喚向幽宫起。君不見玉波蕩漾雙蓮冷，當年隊長無留影。又不見館娃宫圮香徑没，屧廊膭有苔花活。雀扇銖衣圖畫好，黛湖清影雙姝照。湘絃哀怨奠椒漿，應有碧雲來縹緲。」其五律有《題秋雪漁莊》及《翠渌園詩》，均擅清超之筆。

吴蘋香《題翠淥園詩》：「卧砌苔碑懷柳是，隔湖花樹訪蘭因。」所云「柳是」者，謂重修虞山河東君墓。所謂「蘭因」者，陳文述於西湖孤山，爲菊香、小青二女士修墓，并建蘭因館。其上爲夕陽花影樓，樓左爲緑陰閣，以祀小青，右爲秋芳閣，以祀菊香。先是，爲明女士楊雲友，修墓于智果寺，廣徵題詠，編爲《蘭因集》。汪允莊《詠菊香》云：「踏青春訪瓊姬墓，飛白宵題玉女碑。」原注曰：「朱竹垞、毛稚黄曾訪其墓，諸九鼎爲作墓誌。」《詠小青》云：「齊國淑妃原著姓，蔣家小妹是同鄉。」原注曰：「小青馮姓，廣陵人。」《詠雲友》云：「謝逸畫圖寒翠晚，汪倫潭水夜星空。」原注曰：「謝彬曾繪其小像。雲友嘗客汪然明之春星草堂。」蘋香所詠「蘭因」者，即此事也。

（俞陛雲《清代閨秀詩話》卷六）

晚晴簃詩匯

吴藻，字蘋香，錢塘人，有《花簾書屋詩詞》。

詩話：蘋香初好讀詞曲，後肆力於詩，治家事外，手執一卷，興至輒吟。父夫俱業賈，兩家無一讀書者，而獨見秀異，殆有夙慧。

（徐世昌《晚晴簃詩匯》卷一百八十七）

然脂餘韻

吴藻，字蘋香，仁和人。才名橫溢，卓然大家，前已數録其詩詞南北曲諸作。其詞名《花簾詞》《香南雪北詞》。余最愛其《浣溪沙》云：「一卷離騷一卷經。十年心事十年燈。芭蕉葉上幾秋聲。欲哭不成還强笑，諱愁無奈學忘情。誤人猶是説聰明。」錢謝菴《微波詞》「人爲傷心纔學佛」，略可與此詞印證

（王藴章《然脂餘韻》卷四）

論閨秀詞絶句十首（其一）

雅韻何妨混俗塵，吾家才子掃眉新。花簾吹徹瓊簫月，雪北香南有幾人。

《花簾詞》《香南雪北詞》爲蘋香女士所著，其詞極工，一時未易抗手。聞其夫僅一庸人，此尤難能可貴者。

（吴灝《歷代名媛詞選》卷首）

分春館詞話

徐乃昌刻閨秀百家詞，録清人最多，有集傳世者幾近百人，大多爲千篇一律之閨情詞，纖巧無格，讀之令人厭倦。然其中尚有佼佼者，吾取其三焉。曰徐燦，曰吴藻，曰西林太清春。……吴藻遭逢不偶，晚年寡居，然其詞多清新流麗之語。如《如夢令》云：「燕子未隨春去。飛到繡簾深處。軟語話多時，莫是要和儂住。延佇。延佇。含笑回他不許。」寫春日閨情，純是閨中女子口吻。

（朱庸齋《分春館詞話》卷三）